在宇宙中书写

感动小学生的100篇科幻

总主编/刘海涛

本册主编/陈 媚 何海英

九州出版社

JIUZHOUPRESS

图书在版编目(CIP)数据

在宇宙中书写:感动小学生的100篇科幻 / 陈媚,何海英主编.

—北京:九州出版社,2009.4

("读·品·悟"感动系列:最新版 / 刘海涛主编)

ISBN 978-7-5108-0019-1

Ⅰ.在... Ⅱ.①陈...②何... Ⅲ.儿童文学—科学幻想小说—作品集—世界 Ⅳ.I18

中国版本图书馆 CIP 数据核字(2009)第 049252 号

在宇宙中书写:感动小学生的 100 篇科幻(最新版)

作　　者	陈　媚　何海英　主编
出版发行	九州出版社
出 版 人	徐尚定
地　　址	北京市西城区阜外大街甲 35 号(100037)
发行电话	(010)68992190/2/3/5/6
网　　址	www.jiuzhoupress.com
电子信箱	jiuzhou@jiuzhoupress.com
印　　刷	北京市平谷县早立印刷厂
开　　本	720×1000 毫米　1/16 开
印　　张	14.25
字　　数	166 千字
版　　次	2009 年 5 月第 1 版
印　　次	2009 年 5 月第 1 次印刷
书　　号	ISBN 978-7-5108-0019-1
定　　价	17.60 元

新课程·新学法·新成果

刘海涛

这是一种与以往不同的新的学习方式。

在中小学语文新课标里这种学习方式被定义为探究式学习，在高中和大学里被理解为研究式学习。同学们在教师的指导下确立了一个探究文学问题的目标，为了解决这个问题就需要重新整合自己过去已学过的知识，重新确定新的阅读材料和阅读方法，通过自己投入身心的感受、体验以及创造性的写作去表达自己的理性认识和审美态度。这种阅读、品味、感悟的全过程就是一种语文选修课(研究型课程)要经历的全过程。这样的课程和过程，有利于培养过去的语文教学中比较忽略的鉴赏能力和语文素养；有利于激活同学们主动地创造性地进行自主学习的积极性；有利于把"成功素质教育"的实施真正落实到教与学的实处。

在大中小学语文学科的教学改革中究竟怎样有效地开发出这种带有研究性质的文学类选修课？怎样引导学生的课外文学阅读？怎样构建同学们开展研究式阅读和创造性写作的教学平台？这样一种"读·品·悟学习法"开始引起了众多师生的关注。"读·品·悟学习法"是让同学们在自己感兴趣的文体中开展广泛的有选择性的文学阅读，在广泛的文学阅读中挑选出一篇或一组真正感动了他们、启迪了他们的文学精品，并把这些挑选出来的文学精品当做他们研究社会、研究人生、研究历史，甚至是研究他们自己的案例，在赏析、解读、研究、评鉴的过程中，他们的思想、感情被文学精品隐含的意蕴激活了,他们联想了自己已经经历的生活,他们想象了自己未曾经历过的生活,他们初步学会了用一种人文社科的研究方法去探究文学案例,并创建一种他们用自己的眼睛和心灵观察过、体验过的生活世界和艺术世界。

多少年来一直被教育理论家倡导的"自主性学习"、"探究式学习"以至那种"快乐学习"、"快乐教育"的情景在这里显现了。同学们体验到了一种自己掌握自己学习的愉悦。他们好像是在大声喧闹着展开一场智力竞赛——看谁选的文章好看,看谁写的研究性文章分析到位,看谁编选的文集拥有的读者多。一种新的阅读方式在这种"竞赛"中启动了;一种真正的"我手写我口"、"我手写我心"的写作本体观在这种"竞赛"中重现了;一种"成功教育"、"快乐教育"的情景悄无声息地来临了……

他们在做着他们的老师在 50 岁时才开始做的主编工作,他们学会了用青少年的眼光和心灵去选择他们需要的文学精品和文学案例;他们选出来的文学精品甚至让他们的老师大跌眼镜——一些名不见经传的作者和作品频频亮相于他们的文集中——这并不奇怪,因为他们的选文标准是真正拨动了他们的心弦的东西。经典的作品因为拨动了青少年的心弦他们选了,不那么经典的作品只要能拨动了青少年的心弦的他们也选。他们工作后的副产品能让许多社会学家、心理学家、青少年思想教育家颇感兴趣,因为这个"感动系列"已经成为一扇把握当代青少年学生的思想脉搏,了解他们那些或者是朴素的或者是新潮的或者是另类的价值观的一个窗口。他们的工作也可能会让一些当代文学的研究者、参与者颇感兴趣,他们实际上在做着一项分类准确、原则鲜明的当代文学选本工作,这样的选本可以说是为权威专家的文学选本贡献了一个特定的"补充"。他们的工作还可能会让一些课程理论专家和教学理论专家颇感兴趣,他们"读·品·悟"的全过程不正是一个典型的课程构建过程吗?

"读·品·悟学习法"催生了"读·品·悟感动系列丛书"。这套丛书的组稿与出版,显影了大中小学语文学科正在生长、发育的一种课程新理念,这就是——"审美型阅读、研究式学习、创造性写作"。这个语文新课程理念隐含着成功素质教育的内核,体现着现代教育的真正本质,也为基础教育、高等教育的课程改革培育了一个生动的教学案例。

目录

天外来客

当你一个人孤独地游荡在无边无际的深山空谷无助地高喊时，听着自己的声音在旷野里回响，你是不是渴望远处什么地方能有人回应一声？

如今科学家们面对太空发出了同样的呼喊："我们是唯一的智慧生命吗？"多年来，人类从来没有停止对外星文明的探索。科学家们也在期待着遥远的太空有外星人作出回应。可他们在哪呢？他们长什么样？是肉身凡胎，还是铁骨铮铮？

漫步时空

当我们凝望深邃的太空，不禁要问：什么时候我们才可以到太空去旅游呢？超越时间与空间，我们对太空有着虔敬的崇拜，正如对海洋这片蓝色的崇拜，人类从具有思维的那一天起对天空这片蓝色就怀有无限的遐想。美国的罗伯特·戈达德曾说过"很难说什么是不可能的，因为过去的梦想即是今天的希望，明天的现实。"

科技之风

科技发展，一日千里，出现了多少快乐，留下了多少悲伤……

探究过去的科技，到底埋藏了多少秘密与神奇？千百年来引无数英雄竞折腰，跌撞疲惫的科学，我们又知道了多少？曾经天真地以为每次月圆之夜昂首便能窥视嫦娥在广寒宫中的倩影；曾经多少次在熟睡的酣梦中惊觉自己插上科技的双翼展翅高飞。在过去，这些离我们是如此的遥远；但是今天，你将可以真切地感受到科学的气息，我们将为你安上心灵的双翅……

智能恐慌

在这幻想的国度里,你是否已经放飞自己的理想?在这种无边而智能的世界里,你是否觉得不可思议?救世主会在你需要帮助的时候及时出现在你的身边吗?

勇敢地去面对你的人生吧,你自己就是你要寻找的救世之主……

情感机器

机器人已经具备了和我们人类一样高的智慧，它们不仅仅可以像人类一样学习创新，同时还具备了和人类一样的情感，它们会哭会笑，还敢爱敢恨……

当你在玩电力怪人、棉花糖怪兽和恐怖的怪船长时，有没有和你所操作的计算机聊过天呢？那计算机是用哪种语言和我们交谈呢？大家很想知道吧，那就请到这里来，你将会了解到计算机或者是其他的机器是怎么和我们人类交流的……

克隆世界

曾经我们有这样的愿望，想克隆一个和自己一模一样的人，代替自己去考试，或者为自己受罚；长大了，看着一些在临死边缘挣扎的人，多希望可以有克隆的器官为他们作替换，然后他们就可以健康地生活下去。朋友们，请到这里来吧，在这里可以把我们的愿望变成现实。

天外来客

当你一个人孤独地游荡在无边无际的深山空谷无助地高喊时，听着自己的声音在旷野里回响，你是不是渴望远处什么地方能有人回应一声？

如今科学家们面对太空发出了同样的呼喊："我们是唯一的智慧生命吗？"多年来，人类从来没有停止对外星文明的探索。科学家们也在期待着遥远的太空有外星人作出回应。可他们在哪呢？他们长什么样？是肉身凡胎，还是铁骨铮铮？

"金钱，你能使丑的变美，穷的变富，老的变少"。

会说话的钞票

佚 名

地球上伪钞成灾，以至于现钞难于流通。地球人正处于巨大的灾难之中，外星人决定派金妮斯纳小姐来解决地球上的伪钞问题。

一位亭亭玉立，面容姣美，长发披肩的外星人少女乘着她的"宇宙美人号"火箭顷刻间急驰到地球上空。这已经是她第二次来地球了。第一次是她作为特邀代表参加地球国际金融中心的落成典礼。经过仔细地辨认，她才从容不迫地在弗兰的 216 层高的国际金融中心的楼顶上降落了。这里已今非昔比，上次她来的时候，这里五彩缤纷的旗帜、五颜六色的灯光和那汹涌的人流、富丽堂皇的办公室，真叫人激动。可现在，这里像一个黛色的大山，整幢大楼零星地点缀着昏黄的灯光，万籁俱寂。看来地球的确被伪钞坑苦了，一想起这残酷的局面，金妮斯纳顾不上旅途劳累，急忙找有关人员商量办法。由于原国际金融中心董事长自杀身亡，经董事会研究决定任命金妮斯纳为临时董事长。

金妮斯纳董事长告诉大家，这次她带来了新研制的辨认伪钞的灵丹妙药——光电液。把这种液体滴在钞票上，真钞票就会发出轻柔的声音，"你好！我是真的，谢谢！"如果是假的就会很快烧掉。

　　说着她取出了一个五色的透明的瓶子,告诉大家,这种药品是由地球上没有的元素研制出来的,是仿造不出来的。最后,她又取出20套准备好的专用仪器,教国际金融中心的二十几位正、副部长学习使用这些仪器和药品。然后奔赴五大洲的一百多个国家和地区的国库逐一辨认,经过辨别的纸币上留下的印痕永不会消失。

　　通过国际金融中心的一致努力,经过一个多月的艰苦工作,地球上终于产出了新型钞票——会说话的钞票。

　　金妮斯纳小姐离开地球时,国际金融中心又恢复了往日的繁荣与热闹,交易大厅里人们络绎不绝,她高兴地乘着"宇宙美人鱼"号光箭急驰回到宇宙中。突然座舱传来一声轻柔的声音:"金妮斯纳小姐,谢谢你!"原来是一张新式钞票不知什么时候溜进舱内。

赏析 谢谢你,天外来的金钱天使 /何小珊

　　这篇文章从表面上是在描写一位亭亭玉立、面容姣美、长发披肩的外星少女怎样挽救地球上假钞泛滥的局面,以及向读者解释钞票为什么会说话的原因。而事实上则是通过对外星少女金妮斯纳的赞美,反衬出我们地球人不讲信用、自私、蛮横的一面,同时警告地球人乱造假币最终受害的还是自己。

　　"诚实贵于珠宝,守信乃人民之珍。"让诚信真正地滋润大地、滋润人们美好的心灵吧!

我们要用自己的爱心去对待每一个人，无论他是来自地球还是外星，当整个宇宙的空间都充满了爱，我们就会有许多许多的朋友。

同桌不是外星人

李 化

一艘飞碟降落在我家所在的城市，全国都疯了。

外星人！地球人多少年来一直幻想着与他们相遇的场景：比如说，在茫茫宇宙中，地球人被好心的外星人搭救，还给了他一身超能力；比如说，在漆黑的夜空下，闪亮的飞碟悬停在空中，几个长着爪子脑袋的外星怪客走进了谁家的窗户；再比如，绿皮肤的外星人喜欢吃绿皮西瓜，经常劫持种瓜的老大爷……

今天梦想成真，外星人真的来了，他驾着飞碟，悄悄在城市的广场上降临。他打开飞碟的圆形舱门，露出了他的小脑袋，咦，这，不跟我们地球人长得一样吗？他走了出来，竟然，是个和我差不多大的小孩，10岁，顶多了，但是他黑黑的，脸有些向前突，他羞涩又有些惊喜地看着广场上的人们，人们害怕又有些好奇地对着他翻着黑眼珠。

全国的记者以猎豹般的速度赶来，跑掉的鞋让捡破烂的大爷乐开了怀，记者们纷纷把话筒伸到了那外星小孩的面前："请问你是外星人吗？""这是出现在地球上的第一艘真正的飞碟,驾驶它你有压力吗？""请问你平时有什么爱好？""请问这双掉的鞋子是你的吗？"……

记者们喋喋不休,外星小孩缄口不答。他深深地呼吸着清凉的空气,眼泪开始向脚的方向飘落。这时候他看到了我,他向我招了招手说:"啊里咕呶嗡着吗叽……"

"拜托,我听不懂！"我急得一头汗,但他还在咿咿呀呀地说着。我手足无措,他开始比手画脚,我还是不懂,他向我扑了过来。我虽然练过三四天武术,但我瘦小的身体还是无法抵挡这个外星小孩的外星扑法,我摔倒在地,同时吓得尿湿了裤子。他扶起了我,拍拍我的衣服,握住了我的手。这时候我看到了他的眼睛,友好、善良、哀求、信赖,全都有。我一下子明白了,噢,他是想和我在一块儿！"尊敬的外星小客人,"一个记者笑容满面地说,"请问你是来自哪个星球,能介绍一下那里的风土人情吗？"

"是啊,你从哪里来？"我也跟着问。

他不懂,我立刻换用了外语,我问:"妮,虫,拿,梨,来(你从哪里来)？"谁知道他竟然连我的超级无敌外语也不懂。我只好用绝招了:用手比画！于是我手舞足蹈,指了指辽阔的天,又指了指他的飞碟,又指了指他,脸上又做出疑问的样子,我是想对他说:"你指指你从哪儿来的吧!"

他真的看懂了！他伸出了手指,抬头仰望那蔚蓝洁净的天空,摇了摇头,终于,他指了指脚下的土地。"不,不,错了,错了,是要你指指你从哪儿来。"我又是一番比画,估计我要去演哑剧肯定成明星了！没想到他竟然还是指了指脚下的地面,只是他的神情更加坚定了。我实在不明白,我试探着问:"你是什么意思啊？难道是鞋破了,想换一双鞋？"我指着他的鞋问,他摇了摇头。"那你是想带点地球上的土回去？"我指着土，又指着他的飞碟，他又摇了摇头。哎呀，不管了，我实在是搞不清他的意思，算了，不猜了！

但这个外星小孩真的是跟定我了，他牵着我的衣服，说什么也要跟我回家。他的飞碟成了广场上一道独特的风景。我问："你为什么跟着我啊，飞碟不要了吗？"他又摇了摇头，还是拉扯着我的衣服，然后又拉住了我的胳膊。这时候，旁边的记者已经按捺不住地对着摄像头开始报道了："本台记者报道，走下飞碟的外星小孩，拉住了这个城市的一个小男孩，说什么也不愿意放手，大家看，镜头靠近，他已经把这个男孩的胳膊拉出了红印！为什么？究竟为什么他和这个男孩这么亲密？请看我的追踪报道！"

外星小孩的话没有人能够听懂，他拉着我的胳膊，仓皇地跟着我。记者们开始采访我了："请问小朋友，你身上搽香水了吗？没有？那为什么他非要跟着你？""请问小朋友，外星人的手粗糙吗？感觉如何？"

不管怎么样，外星小孩还是跟我回了家。我家住在17楼，但在黑暗冷寂的夜晚，我还是看到了有无数个记者悬在17楼的半空，举着摄影机向我家拍，我好像真成了明星耶。

第二天……

一夜没睡好啊，还得爬起来上学。唉，刷牙，洗脸，吃饭，上学，外星小孩抱住了我的胳膊，嗯？他晚上躲到哪儿去了？莫非在我家的柜子里？他乞求地看着我，我知道他那样子，肯定是想跟着我上学。完了，学校要遭殃了，学校太小，盛不了那么多记者啊！

校长对于外星小孩的到来欣喜若狂，他紧紧地握住外星小孩的手，又死死地握住我的手，对我说："小明同学！你为学校做了一件好事！好了，我批准外星人插班到我们学校，就和你坐同桌！小明同学！你为学校带来了荣誉，带来了知名度，带来了外星人！感谢你！"

校长快要哭了，趁他将哭未哭的时候，我把外星小孩带到了教室。然后我哭了，为什么？因为全部的同学都挤到我身边看外星小孩，把我的脚快踩扁了！要是你有一双扁脚，你哭吗？

我们有了一个外星同学，我有了一个外星同桌。我的班主任老师给他起了个名字，叫星星。我们背地里都说老师太没有创意了，人家是外星人就叫人家星星，人家要是地球人就该叫人家球球了！

"对！"我站起来，大义凛然地说，"同学们，我们要有宇宙主义精神，要有一颗爱心，有好吃的要先给星星吃，有好玩的要先给星星玩，当然，这些东西暂时由我保管。"

同学们是友爱的，给星星送来了各种各样好吃的东西。一个星期下来，我胖了一圈，因为，星星好像是不吃东西的！他最喜欢做的事，就是听我们说话，我们说，他静静地聆听，然后，抱着我的大词典，乐陶陶地把头耷拉词典里，半天不抬起来，他在干什么？

他在干什么？难道他……

"是的，我在研究你们的话。"星星说话了！

他说的是汉语！

标准的普通话！

当然，中间也有点我们这儿的方言味儿，但关键是星星学会了我们的语言！太伟大了！星星说得很慢，但他在努力地说，努力地练，他看着我的眼睛说："你好！"

"你好！"我激动得不能控制自己，我要哭出来了，热泪盈眶的感觉就在此时此刻发生了，"你是谁，你从哪里来？"我含着泪问他。

"我……叫力，我是地球人！"在力断断续续的描述中，我终于知道了有关他的所有的一切。原来，在现在地球上的人类出现之前,已经有过一次人类文明,他们的文明更加发达,科学技术高不可攀,他们已经开始驾驶飞碟探索茫茫宇宙中其他生命的痕迹,但地球上的一次大爆炸使地球上的全部生物几乎都灭亡了,人类也遭到了灭顶之灾,只有那些驾驶飞碟遨游在太空的人得以幸存,这其中就有力和他的父母。在太空航行中他的父母相继去世,只有他自己驾着飞碟闯入了一个时间停止的星球。在那里,他一直是个孩子,在那里,他度过了三亿年的光阴,直到现在——在三亿年的日子里,地球上又渐渐出现了生命,有了人类,有了我们——今天,我们和力相逢了。这地球上的两代人类,两个孩子,成了年龄相差最大的同桌,我真想向全世界大声呼喊:"我的同桌三亿岁!"

"是的,我三亿岁了!"

从此,我和我三亿岁的同桌过上了天天被记者采访骚扰的"平静"日子,直到有一天,星球大战爆发了!

"同胞们,真正的外星人已经包围了地球!让我们携起手来,共同度过生死难关!"电视中,忧伤而又坚强的主持人沉重地向观众说,各国领袖都在呼吁人们起来战斗。然后,电视画面切换,我们看到无数只小飞碟包围了地球,像黑压压的蚊子,他们在空中集结,战斗就要打响。

"让孩子们先躲到地下!"大人们在呼喊。

我和好多孩子推推搡搡,向地下堡垒奔去。快要进入地下的时候我回头看了一眼天空,这时,我看到了广场上一艘飞碟在缓缓升起,是力,他驾着飞碟,他要去哪儿? 我傻傻地站在那儿看着他。

他飞向空中……数不清的飞碟在向他围拢。

但在半小时以后,空中的飞碟全部散去,像中了杀毒剂的蚊子一下子没了踪影,而力的飞碟又降落在广场上。他走出来,手里还牵着另一个人：真正的外星人，一只眼睛长在肚子上，七只长长的手在爬动。力向我走来，他笑呵呵地说："小明，给你介绍我的朋友！"

那是他在宇宙航行时结识的朋友，是一个星球的首领，如果不是力，恐怕地球已经在这位首领的命令下土崩瓦解了。我的心悬了一下，想和首领握个手，但真的，我不知道该握他哪只手。

力向我眨了眨眼，笑了。

赏析

让宇宙充满爱 /黄 棋

这是一篇充满爱的故事。如果不是力那双友好的眼睛，"我"会把他带回自己的家里，我们又还会成为同桌吗？如果不是因为同学、老师们对力都是如此的友爱，给他送去那么多好吃的东西表达自己的关怀，那么当外星人攻击地球时，力会这样勇敢地站出来一个人保护大家吗？如果不是力在三亿年的旅行中，有过一段与外星人友善的相识和交往，那么外星人的首领又怎么可能和力做了好朋友，并听了力的话而退兵呢？其实与其说是力拯救了地球，不如说是大家的爱心拯救了地球。

宇宙很大，我们除了拥有地球上的朋友外，可能还有许多外星的生物。我们应怎么样对待他们呢？其实我们与别人的相处就好像平时照镜子一样，当你对着别人笑的时候，你看到的也会是一个笑容；当你凶恶地对待别人的时候，你看到的就会是一张恶脸。所以我们要用自己的爱心去对待每一个人，无论他是来自地球还是外星，当整个宇宙的空间都充满了爱，我们就会有许多许多的朋友。

一句有气势的短句描写了一个梦幻般的场景，为外星人的到来创造了良好的氛围，也给了我们无尽的想象。

今夜无所不能

萧志勇

天高地迥，宇宙无限。蜿蜒银河横亘秋空。博士看了看手表：还有不到一小时。他环视着身后一望无际的联合国广场，上千名工作人员在通明灯火下来回奔波，作最后准备，无数的镜头正对准着广场上的大平台，一切宛如梦幻。

今夜。10年的努力，为的就是今夜。

博士吸着烟，对夜空徐徐呼出烟圈。他们会如何出现？他不知道。他们大抵会像电影"天煞"般，乘着像垃圾桶盖子一样的巨型飞碟降落吧。外星人嘛，也许像罗兹威尔那种一样，头大手大脚短小，碧绿的大眼透着慑人心魂的光芒……

"博士，都准备好了。现在就等您发表演说。"助手边跑边说。这助手头大身小，才大学毕业便已头发稀疏，样子怎么说也不算好。难得他跟随自己多年，由10年前收到外星人的讯号开始，10年以来，与自己一同孜孜不倦地追寻外星人，终于，他们破解了讯号：外星人即将降落地球——就在今夜。

博士缓步走向讲台，四周的人群爆出热烈欢呼，掌声震天。他用力将烟一口吸尽,烟头儿在刹那间烧出通红火光,复又黯淡下去。博士看着周遭狂热的人群,心里在冷笑着。人生嘛,不也和香烟的火光一样?蜉蝣天地,沧海一粟,生命转瞬即逝。真个可怜的人类!

但我是与别人不同的!博士狠狠低地声说着。他早就感觉到了。要不然为什么在 10 年前夜观天文之际,无端发现了外星传来的讯号?为什么别的科学家破解不了的讯号,他仅花 3 个月便解读了?难道自己比别人聪明?就这样?

不!我是不同的!博士在心里大声喊叫。他一步步踏上阶梯,炫目的灯光照得他全身发白。我对外星人有特别感应!我就是外星人!他们是来接我的!外星人是来接我回去的!

博士一把抓起麦克风,在雷鸣般的掌声中开始演说。他诉说着过去研究的种种艰辛,如何破解外星人传来的讯号,自己怎样将讯号传回,及至怎样知道外星人将在此时此地降落,浑然忘我。全球的焦点正集中在他身上,博士吐出的一字一句,似是虚幻,却又似梦非梦。

终于,演说进入尾声。博士按着胸口,一颗心剧烈震动,仿佛要从口里跳出来。他以沙哑的声音说道:

"……各位,在宇宙另一端的友好生命,即将在我们眼前出现!此时!此地!这是历史性的一刻!"人群声震屋瓦,来回激荡。"然而,在这以前,我将告诉各位另一个重大秘密。你们可能会无法接受,甚至觉得无稽……"

人群开始安静下来,空气仿佛被凝固。博士深吸一口气,准备说下去。倏地广场的灯光忽地暗了下来。每个人都把眼睛和嘴巴张得大大的,翘首朝上方望去。博士也仰首看去……

犹如垃圾桶盖子的超巨型太空船浮于空中,将夜空完全遮蔽。

从宇宙船射出的万道灯光,将广场每个人的脸庞照得阵青阵红。

博士目瞪口呆。一切如他所料。但他自知在回去前必须将演说完成。这时助手来到他身旁,向他说道:"博士……"

接下来助手的说话已听不清楚。博士只感到一束柔和的白光自太空船腹部吐出,将他整个包在光海里。他张开双臂,眯着眼,准备与同类会面,准备回到外太空遥远的故乡。他只听到助手最后的一句话:"……谢谢。"

倏地,博士与助手的距离迅速拉远。博士惊恐地张大嘴巴,看着助手在光束里缓缓上升——太空船竟是来迎接他的? 难道助手才是外星人? 博士忽然明白了一切。他猛地想起,10 年前发现外星讯号的晚上,正好是聘用他为助手的同一天……还有破读信息时助手那奇异的眼神……那常常无故对着星夜自言自语的晚上……他早该知道这一切……

助手浮于半空中,向博士投以一个抱歉的微笑。他们在刹那间交换了心意,一切恍然大悟。博士跌坐地上,报以一个惨淡而无力的笑容。光束隐去,宇宙船传出隆隆低鸣,迅即化为夜空中一个光点,消失无踪。

赏析

踏破铁鞋无觅处 /余华铱

科幻,就是关于科学的幻想。文章一开头便运用了一句有气势的短句描写了一个梦幻般的场景,为外星人的到来创造了良好的氛围,也给我们带来无尽的想象。这极尽笔端于外星人到达地球的前奏,使读者不断地发出疑问:外星人真的会来吗? 那外星人究竟又是什么样的? 一个个的疑问紧紧扣着读者的心。

接着,博士的一连串心理活动,情节曲折离奇,使我们错觉地认为博士真的是外星人,今夜,博士将会被外星人接回去。就连博士自己也以为自己是外星人。就在这种种疑惑没有得到确实之际,作者笔锋急转直下,又发生了人们以为不可能的事:跟随博士10年的助手才是外星人。

本文通过心理描写生动地描述了人们对外星人追求的狂热,并集中在博士身上显露出来,博士只关注着遥远的星空中的外星人,忽略了自己身边跟随自己10年的助手,当助手离去的刹那,博士的种种回忆,也足可以知道助手就是外星人,只是自己没有去关注身边的人罢了。

文章最后以助手的一个"微笑"对着博士"一个惨淡而无力的笑容"告诉我们:自以为不可能发生的事往往就会发生在自己身边,常言道:踏破铁鞋无觅处,得来全不费工夫。

只有互相尊重,才能和谐共处。

差一点点爆发的星球大战

李维明

奇怪国的一个旅游团去怪星游玩,他们偷偷带回了一个小怪星人(趁着人家不注意逮住的)。这个小怪星人长着两个鼓鼓的金鱼眼,嘴巴像一只弯弯的月亮,样子非常滑稽。不过他整天都是一副生气的样子(嘴巴向下弯)。

奇怪国总统召开紧急会议，最后决定把这个小外星人送到奇怪国的动物园。动物园专门为他制作了一个特殊的笼子，让他住了进去。

动物园的门票立刻就卖得火爆起来。每天都有许多孩子逼着爸爸妈妈带他们到动物园里来看小外星人。他们带了许多好吃的东西扔给小外星人吃。可小外星人一点都不领情，他背对着观众。

米多多和他的同学西西皮也来看小怪星人了。他们也带来了食品，并扔给小怪星人吃。小怪星人把他们的食物又扔出来了。有一包食品恰好砸在了米多多头上。

米多多揉着脑袋，说：“真呆，这么好吃的东西都不吃。”

“你才真呆呢！”那个小怪星人跳起来进行反击。

西西皮笑了，说：“小怪星人会说话。”

“什么小怪星人？没礼貌！我又不是没有名字。你们以为我不会说话？告诉你们，我通晓五个星球的语言。”小怪星人瞪起了鼓鼓的金鱼眼。

米多多说：“你叫什么名字？”

小怪星人说：“我凭什么告诉你？”

米多多说：“你不告诉我们，就不能怪我们不懂礼貌了。我叫米多多，他叫西西皮，我们是奇怪小学的学生。”

“我叫呼呼噜，是怪星怪怪小学的学生。”

听说这个小外星人也是小学生，米多多和西西皮高兴了。米多多小心翼翼地问：“呼呼噜，你为什么整天都生气呀？”

呼呼噜又生气了，说：“亏你还问得出口！我把你带到我们怪星动物园，把你送到动物园里让大家把你当动物看，让小孩子扔食物给你吃，你会很开心吗？我是人，我不是动物！再说，我这么多天没上课了,期末考试恐怕也会不及格了。这你们都不能理解,难道你们奇怪星球的人素质都这么低?"

西西皮和米多多都脸红了。他俩小声商量了一会,米多多对呼呼噜说:"对不起,我们会想办法让你获得自由的。"

呼呼噜绷着脸说:"我才不相信呢。让我自由了,你们奇怪国的人去哪儿看稀奇呀?你们还有什么快乐可言?你们的快乐是建立在别人的痛苦之上的。"

西皮皮说:"我们现在再怎么说,你也不相信我们了。我们会用事实来证明的。"

米多多和西皮皮对小外星人说了声再见,就离开了动物园。

他们一起来到了米多多家,打开电脑。米多多执笔,两人你一言,我一语,很快就给总统写了一封信。

他们要求立即释放小怪星人呼呼噜,充分尊重呼呼噜的人权,尽快让呼呼噜回到他自己所在的星球。考虑到奇怪国人把呼呼噜关在动物园里让大家观看,这已经严重伤害了呼呼噜的尊严,米多多和西西皮要求总统代表奇怪国向呼呼噜赔礼道歉。

他们用电子邮件把这封信发给了总统。

总统接到了这两个小学生的电子邮件。他仔细看了看,觉得他们说得很有道理,只是让他代表奇怪国向一个小外星人赔礼道歉,他感到面子上说不过去。

总统连夜召开紧急会议,大家讨论了半天,百分之九十的人都认为应该送呼呼噜回怪星球,并由总统代表奇怪国向这个小外星人道歉。

总统搔了搔头,说:"那我就按大家的意见办吧。"

奇怪国欢送呼呼噜回怪星球的活动十分隆重。在欢送会上,总统亲自向呼呼噜表示了真诚的道歉。奇怪国的艺术家们表演了各种节目。应大家的要求,呼呼噜表演了怪星舞蹈,还唱了一首他刚学会的奇怪国流行歌曲。大家对他的表演报以热烈的掌声。

欢送会正在高潮时,人们突然发现天空中黑压压飞来了一大群不明飞行物。那些飞行物在会场上空盘旋了起来。会场上的气氛紧张极了。

奇怪国的将军跑到总统面前,他神色严峻地低声汇报情况。原来这是怪星球的军队来实施报复了。将军说,据可靠情报,这个名叫呼呼噜的男孩是怪星总统的小儿子。现在唯一的办法,就是赶紧把呼呼噜扣押起来做人质,让怪星的军队不敢轻易动武。

总统说:"这样不妥当吧,况且是我们先犯了错误呀。"

将军说:"总统,战争迫在眉睫,不能再优柔寡断了。这事就交给我全权处理吧。否则就后悔莫及了。"

米多多和西西皮听到了,他们坚决反对将军的馊主意。将军生气了,说:"你们这些小孩子懂得什么?"

就在这时,人们看见呼呼噜拿出一个什么仪器,他大声说着什么。

盘旋在空中的飞行器,突然结队向高空中飞去。唯有一架飞行器缓缓落了下来。

飞行器舱门打开了,一个将军模样的人走了下来。呼呼噜向他跑了过去,他们拥抱在了一起。奇怪国的人看了都很感动,有些妇女还流下了眼泪。

呼呼噜领着那位将军来到总统面前,为他们做了介绍。原来这位将军是呼呼噜的叔叔。接着,呼呼噜又把米多多和西西皮介绍给了他的叔叔。怪星将军向奇怪国的两位小学生表示感谢后,又因自己差点酿成一次星球大战的轻率举动向总统表示歉意。将军代表他的哥哥——怪星总统向奇怪国的总统发出邀请,希望他在适当的时候访问怪星,并在两星之间建立起友好关系。

总统握着怪星将军的手,说:"有机会我一定会去怪星。请代我向贵星总统阁下问好,同时也请他在方便的时候到我们这儿来访问。"

呼呼噜上来说:"总统,我提一个要求。"

总统笑着说:"什么要求?你说吧。"

呼呼噜说:"你到我们怪星球的访问团里一定得有米多多和西西皮。"

总统大笑道:"行,我答应你。"

三个小朋友激动地拥抱在了一起。

怪星大将军轻轻拍了拍呼呼噜,说:"我们该走了。"

呼呼噜和他叔叔上了那艘飞行器,他站在舷梯上拼命挥手向大家告别,随后他走进了舱门,那门自动关闭起来,银灰色的飞行器开始缓缓升空。

奇怪的事发生了。载着呼呼噜和他叔叔的飞行器和那一大群飞行器汇合后,突然又向会场飞来。

将军大叫一声:"不好!他们要袭击我们了!总统快跟我撤退!"

会场上开始混乱起来。

总统对将军说："你一天到晚就是记挂着打仗。请你把情况分析清楚了再做结论。"

总统拿过扩音器大声喊道："大家不要惊慌，外星人没有敌意！"

大家抬头看天空。只见那些飞行器在天上组合成了两个大字：再见！

奇怪国的人一起跟着总统高呼："再见，怪星朋友！"

那"再见"的"字"在空中持续了5分钟，飞行器排成了一字队形，向远方飞去。

赏析 学会尊重别人 /韩文亮

人们遇到奇怪的东西，总喜欢把它当作怪物来看。奇怪星抓到一个怪星的小外星人，当然是直接把他送到动物园，被人当猴子一样观赏了。可是他们的做法忽略了一个问题：小外星人也是人，跟奇怪星的人是同等地位的生物，也是有尊严的，拥有受尊重的权利。易地而处，如果我们被其他星球的人抓了关到动物园里任人观赏，也会感到耻辱和难受的。

奇怪星的总统是勇于承认错误的，只有鲁莽的奇怪星将军，才想着用战争解决一切争端。米多多和西西皮懂得尊重别人，他们及时阻止了一场差点爆发的星球大战。三个小朋友在友善和尊重中，建立了深厚的友谊。文章告诉我们，只有互相尊重，才能和谐共处。

尊重别人不是说说而已，而是要以身作则，用行动去维护。

> 你不会永远倒霉的，你的失去，其实就是为得到更多做好准备。

世　界

邹志荣

克罗斯是一名公司员工，工作勤恳，为人憨厚老实，深受同事们的欢迎。可他所在的部门经理却看不惯他，处处挑毛病——尽管克罗斯已经做得很好了。

今天，对克罗斯来说，可能是一个令他难受的日子——他被解雇了。一向对他有偏见的部门经理开除了他。虽然，这是他在该公司所犯的第一个错误，但也是他的最后一个错误。

今天早上，董事长召集各部门经理开会。虽然克罗斯已经将会议消息及时通知了部门经理，但是由于自己的疏忽，拿错了资料，使得本应该在本次会议上作报告的部门经理尴尬地站了一早上。一出会议室大门，回到工作岗位，克罗斯就被叫进了部门经理的办公室，被部门经理劈头盖脸地批了整整一个小时，最后被部门经理无情地开除了。

克罗斯呆呆地站在大街上，看着川流不息的人群，他不知道该干什么，只是随着人流的流动而流动。

"行行好吧！"一个乞丐叫唤着。

克罗斯习惯性地将手伸进口袋里，想帮帮这个乞丐。可自己这个月的工资一文没领就被开除了。尽管自己囊中羞涩，但克罗斯还是施舍了一点钱。

"谢谢！"乞丐谢着。

"也许不久之后，我也会变得和他一样。"克罗斯心想。

是啊！在这个各种智能人聚集的时代，自然人是很难立足的。尽管政府已经下令优先录用自然人，不得在没有任何理由的情况下开除自然人而录用智能人。但是，这个城市的乞丐人数还在不断增加，使得这个原本安详发达的城市，变成了乞丐的聚集地，而且不断有乞丐因生活窘迫而去偷东西，进了监狱。

"发现一个新的生命行星！"电脑主机发出了声音。

"搜寻该星球的资料。"主人下达了命令。

"学名地球，属于太阳系，是太阳系的第三行星，海洋面积约占行星球总面积的百分之七十九，陆地占百分之二十一。在该星球上，生存着一种叫'人类'的自以为聪明的'虫子'，共约有一百亿只……"

"哦，有趣的星球。好，开始启动系统。"

电脑主机有了反应：

能源准备完毕……

干扰目标——地球已锁定……

启动系统准备完毕……

一切准备就绪……

开始启动……

克罗斯毫无目的地在大街上闲逛，竟然来到了一个酒馆门前。克罗斯抬头望了望酒馆的名字——热闹酒馆。

这个酒馆果然很热闹，很多人在里面喝酒、聊天。但从他们每个人的面部表情可以看出，他们和克罗斯一样——失业了。大多数人是来这里借酒消愁的,也有人是来凑热闹、聊天的。将自己老板那些见不得人的事,趁着酒劲,大声地吼出来,然后再听对方讲述自己的经历,然后,两人就开始骂开了,骂那些不人道的老板。

克罗斯倒没有像他们那样,他只是静静地喝着那杯刚端上来的啤酒,心里想着,回去该怎么跟家人交代呢?他不忍心告诉家人他被开除的事。全家人都等着他那点可怜的工资过活呢!想着想着,克罗斯竟然泪眼汪汪。

喝完酒,克罗斯摇摇晃晃地走出了酒馆,让凉风吹拂着自己灼热的脸。克罗斯更加激动了,竟哼开了小曲儿。

"可怜可怜我吧。"一个乞丐叫唤着。

克罗斯习惯性地将手伸进口袋里,口袋里正好有几张他喝酒时换下的角票。克罗斯摇摇晃晃地走到那乞丐面前,发现那乞丐穿的衣服虽然很破,但他面前的碗里却有许多百元大钞。

"这肯定是自己看花眼了,会有这么'富'的乞丐吗?"克罗斯安慰自己。

克罗斯将那几张角票扔到那乞丐面前的碗里,不料乞丐却大喊了起来。

克罗斯喝得迷迷糊糊的,以为那乞丐觉得自己给的钱太少了,才大喊起来。谁知道乞丐竟大笑起来,并叫来了巡警。

"是你往他碗里扔钱的吗?"巡警问道。

克罗斯点了点头。他觉得自己做了好事,就自豪地承认了。

巡警对那乞丐说:"等会儿,你到警察局办一下转换手续。"然后转过头对克罗斯说:"从现在开始你代替刚才那个人——你已经成为乞丐。"

克罗斯酒醒了一半,望着眼前乞丐留下的那些东西,发现那碗里真的有很多百元大钞,还有几张他刚扔下的角票。望望四周,那些开着名牌汽车的竟是一些他施舍过的乞丐。这条大街上仍旧还有许多乞丐，只不过换了面孔而已。克罗斯认出了其中一个乞丐，是开除自己的那个部门经理。

这到底是怎么回事？克罗斯懵了。

不久，克罗斯终于弄明白了。不知什么原因，这个世界改变了，变成了与以前刚好相反的世界。

在这个世界里，人们买东西不再花钱，反而是店主给顾客相应的钱；在这个世界里，钱少的人是富翁，钱多的人反而成了乞丐……

人们开始忙开了，人们在想办法把自己手中的钱变得最少，然后变成世界级的富翁。

克罗斯拿着钱，呆呆地望着眼前的这一切，他不管自己手中有多少钱，虽然这钱在这个世界已经不通用。在原来的世界里，他将会成为一名乞丐，而在这个世界里，他仍将是一名乞丐，只不过是时间提前了而已。他认了，也许，这就是他的命。

"发现一个新的生命行星！"电脑主机发出了声音。

"搜寻该星球的资料。"主人下达了命令。

"学名诺拉星，属于巴纳德星系，该星系第五行星，山峰面积占行星球总面积的百分之六十，沼泽洼地占百分之四十。在该星球上，生存着一种叫蠕虫的高等智能的先进物种……"

"哦，有趣的星球。好，开始启动系统。"

"主机无法同时启动两个系统，10秒后将解除对地球的干扰，10，9，8，7……"

能源已切断……

已解除干扰目标……

启动系统已解除……

干扰已彻底解除。

电脑主机上有了新反应：

能源解除完毕……

干扰目标——诺拉星已锁定……

启动系统准备完毕……

一切准备就绪……

开始启动……

现在克罗斯终于有了很多钱，但这钱除了只是他的一个累赘外，什么用处都没有。

"行行好吧！"一个乞丐叫唤着。

克罗斯习惯性地把手伸进口袋里，然后掏出钱，扔在那个乞丐面前的碗里。可没走两步，克罗斯才意识到他犯了一个严重性的错误。可是那乞丐并没有像先前的那个乞丐大笑起来，然后叫来巡警。克罗斯望望乞丐，发现这是原先他施舍过的那个乞丐。

再望望四周，那些名牌车子的主人又换了，换成了他完全不认识的脸。

超市里，收银员正在大喊警察，说有人不付钱就跑了。

难道这一切已经……

克罗斯走进超市证明这一点，买了一点东西，然后付给收银员相应的钱。收银员对他微微一笑，然后替他包好东西，找好零钱。

"世界已经恢复了。我已经没有必要摆脱钱了，那是我现在最需要的东西。我要用这钱开一家公司，一家只有自然人的公司，决不录用智能人，决不！"他想。

失去是为得到做准备 /韩文亮

尽忠尽职的克罗斯因为一个小小的错误，就被无情地开除了，失业了，兜里没有钱。恶作剧的外星人把这个世界变成颠倒的世界，钱多的人反而成了乞丐。所以施舍钱给乞丐的克罗斯违犯了颠倒世界里的"规定"，被迫做了乞丐，有了很多"无用"的钱。克罗斯也丧失了信心，认命地接受了做乞丐的事实。而这时候外星人转移目标，地球的干扰被解除，好人有好报，克罗斯的钱又变得有用了。

有时候真的不能不喟叹命运的奇妙，外星人只是贪玩，利用高新的科技，像玩游戏般寻找各个星球做目标，却无意之中帮了克罗斯的大忙。这让本来担心自己和家庭未来生活的克罗斯得到了充足的资本，也得到了重新面对生活的信心，相信自己的努力虽然没有被部门经理认可，却依然能够得到回报。

文章告诉我们：你不会永远倒霉的，你的失去，其实就是为得到更多做好准备。只要你尽心付出了，不要理会暂时的乌云遮住太阳，生活总有一天会回报你的，所以无论遇到什么事都要对生活一直抱有信心。

当你觉得自己不完美的时候，不要自卑，认清自己的优点，改进缺点，然后大声地告诉自己：这个世界完美的人还没诞生呢。

神　药

[日]吉泽景介

　　亚瑟博士发明了一种新药。据说，服下这种药，无论在什么样的物质中都能够自由穿行。

　　博士充满着自信，称赞新药的效果是"超群"的，以后就是设法解决向实用化发展的问题。政府当局立即设置防范体系严防泄密，派出重兵将博士的研究室封锁了起来。

　　看着那日趋严密的警戒线，一天，一名助手向亚瑟博士提出疑问："老师，那种药真的可以称是无懈可击吗？"

　　"是啊。你说得没错。新药是无懈可击的。即使在铁壁中，也可以自由通行。"博士信心十足地答道。

　　"这么说来，"助手朝围着建筑物的武装警备队那边瞥了一眼，"服用了新药的人，即使被枪击中也不会死吧！"

　　"是啊。就是铅弹，都可以穿过身体啊。"

　　"只要这一点能够得到确认，你就没有用了。"

　　博士大吃一惊。助手的态度出现了一百八十度的转弯。不知什么时候，助手的手上拿着一支手枪。

"你……"

"哈哈哈哈……为发明新药，你真是劳苦功高啊……怎么样，你很意外吧。我不必向你隐瞒了，我是 S 国的间谍。新药的制造方法，已经全部记在我的头脑里了。接下来的问题由我们国家的优秀科学家们进行处理吧。你的作用已经结束了，准备受死吧！"

间谍用枪瞄准了博士的心脏。

"等等！等一下。"博士用颤抖的声音喊道，"你怎么样才能逃脱如此严密的警戒网？你逃不出 10 米远啊。"

"别说浑话！你刚才不是已经向我解释过了吗？"这时，间谍毫不犹豫地把新药吞了下去，"这药只要发挥出效果，就无所畏惧了。我的身体，无论在什么样的物质里都可以穿透啊。怎么样？没想到我的头脑有这么好使吧？哈哈哈哈……"

间谍右手的食指动了一下。

"等一等！"亚瑟博士做了一个请求的姿势说道。

"怎么回事。你还不死心吧。如果有事想说，赶快把话说了。"

"其实，这药有一个缺点。我之所以急于向实用化方向进行研究，就是因为这个原因。"博士鼓起勇气，用尽浑身的力气说道。

可是，间谍丝毫不为所动。

"你不要为了保住自己的性命信口开河。刚才说无懈可击的，是你吧。你说完了吗？所谓的无懈可击，就是指没有缺点。"

"对，真是那样。新药的缺点，就是无懈可击。"

"哈哈哈哈……梦话可以结束了吧？你的解释真是煞费苦心啊……你去死吧。"

可是，就在他要扣动扳机的一瞬间，手枪从间谍的手上突然滑落，发出声响掉落在地板上。药终于奏效了吧？亚瑟博士不由地松了一口气。危险已经过去了。博士这么想着，眼看着间谍的身体被吸入了地板。

"呀！——"间谍就像从高楼的屋顶上掉落下去的人那样，发出长长的惊叫。

地板上，间谍穿在身上的东西，从内裤一直到靴子，都还原封不动地保留着。

"这个笨家伙，我们是受重力吸引的，这一点，他忘了？"亚瑟博士撮着装新药的瓶子说道，"新药的缺点，就是服用它以后，无论什么样的物体都可以穿透。靴底、地板、还有地球，都……"

没有完美 /韩文亮

亚瑟博士研究出一种新药——无论什么物体都可以穿透的穿透药。S国的间谍装扮成博士的助手，得到了新药的制造方法和药，他向亚瑟博士确定新药是完美的无懈可击的之后，露出了真面目。间谍吃下新药，想着可以逃脱，却忘了地球的重力作用，结果不知道穿透到哪里去了。新药的确是成功的，是完美的，但也因为完美，反而让毫无缺点成为最大的缺点。

这个世界没有完美的人，也没有完美的事物。但也就是因为不完美，人们才会更加努力。学生努力学习追求更好的成绩；大人们努力工作追求更好的工作表现；女孩子们挑选最好的裙子穿在身上……这些人都是在追求自己的完美。大家都向往完美，但是大家都知道不可能得到完美。完美是海市蜃楼，是追求上进的动力，像一条鞭子一样在身后不停地抽打，驱赶着人们向前进，让人们更加努力，做得越来越好，也让人们离它越来越近，却永远摸不到它。

所以，当你觉得自己不完美的时候，不要自卑，认清自己的优点，改正缺点，然后大声地告诉自己：这个世界完美的人还没诞生呢。

作为和平使者的智能战船，已经将罪恶与战争带进了浩瀚的宇宙坟场。

智能战船

王　麟

两个星球之间的战争已经持续了几十个宇宙年，双方都投入了大量的人力、物力来进行这场史无前例的消耗战，死亡的人数也呈几何级数增长。双方星球上的公民对这场仅仅由玫瑰花引起的战争早就心怀不满，反战情绪高涨，但是战争狂要用武力来维护自己的面子，完全置人类的死亡和痛苦于不顾。

为了彻底升级所有的超级战船，卡拉星的科学家在领袖的授意下进行了艰苦卓绝的奋斗，终于在韦达先生的带领下发明并制造出了高智能的战船。

据说，官兵们只需静静地坐在驾驶舱里就可以了，智能战船可以自动驾驶、跟踪、发射直至摧毁敌人的目标。说实话，这真是一项伟大的发明。经过几百次的实验，智能战船显示出了惊人的优越性和对宇宙环境的适应能力，用它们去征服敌方比德拉星是再合适不过了。为了亲眼看到比德拉星的彻底毁灭，卡拉星的统治者乌尔元帅亲自上阵，驾驶战船带领队伍侵入了比德拉星的领空。由于造价高昂，只有乌尔元帅和他的将军们乘坐了10艘智能战船，而普通的官兵们驾驶的还是普通的宇宙战船。智能战船外形非常特别，在战斗中，官兵们可以据此特点来保卫自己的领袖。

乌尔元帅在登临飞船的那一刻，发表了激动人心的演说，他的演说结尾是这样的："卡拉星球的同胞们，这次战争马上就要结束，玫瑰花一定会为我们星球的公民盛开。出发吧，勇士们，我们要笑着让敌人灰飞烟灭！胜利就在前方！"

翻滚的星云，呼啸的枪火，卡拉和比德拉星球之间的一场决定性的战争终于开始了。

"看啊，看对方的战船……"在激战中，卡拉星球的一名勇士指着前方叫了起来。原来，敌方整齐的战舰群中，也有十几艘外形古怪的战舰，那些战舰身影灵活、形若鬼魅，在不长的时间里，竟然轻松地突破了卡拉星球的防线。与此同时，卡拉星球的智能战船也突破了敌人的壁垒，两军的厮杀进入了白热化阶段。

正当战争进行到最激烈的时候，从一艘智能战船里传来惊恐的喊叫："战船，战船，它现在不再受我们的控制了！天啊，它要投降！"

声音是从乌尔元帅乘坐的战船里发出来的。

"为什么？难道智能战船的指令错了吗？快！开始手动驾驶！"乌尔元帅命令道。

但是，一切都无济于事了，其他十几艘智能战船也出现了同样的致命错误。顿时，刚才还信心百倍的卡拉星球的勇士们瞬间陷入了群龙无首的混乱地步。

卡拉星球开始全面溃退。

　　那些不受控制的智能飞船像是重新获得了生命一样，没有返回卡拉星球，而是径直朝浩渺无垠的宇宙深处飞去。

　　正在这时，另一件奇怪的事情也发生了！

　　正在对卡拉星球的军队穷追猛打的比德拉星的军队突然陷入了混乱之中，并且改变了行军方向。

　　那些外形奇特的飞船也挣脱了束缚，脱离了轨道，驶向了无垠的宇宙深处。

　　原来，那些飞船里面乘坐的也是比德拉星球的高级指挥官，那些造型奇特的飞船是比德拉星的科学家研制出来的最新型的智能战船！

　　这些智能战船都改变了它们预定的方向和目的——"消灭敌人"，脱离了航线，将制造战争的刽子手们送进了永远不能回头的坟墓。

　　战争终于伴随着战争狂的死亡而结束了。

　　在卡拉星球，为和平欢呼的人们将智能飞船的制造者韦达先生推向了总统的宝座。

　　"他是真正的领袖！能够制止战争的人，一定会在将来摈弃一切形式的杀戮！我们信任他。"卡拉星球的公民在投票的时候自豪地说道。

与此同时，在比德拉星球，韦达的朋友，科学研究领域里的伙伴汉斯先生，也以相同的原因被民众推上了领袖的位置。

爱好和平的人有福了。

作为和平使者的智能战船，已经将罪恶与战争带进了浩瀚的宇宙坟场。

赏析 远离战争/刘英俊

卡拉星球和比德拉星球数十年的苦战，损失无数，缘由居然是为了玫瑰花的归属问题。这是多么愚蠢的事啊。让玫瑰开满每一个星球，整个宇宙都飘荡着花的香气，不是更好吗？为什么要自私地拥有美丽呢？

回头看看人类的历史，不也是一个充满战争的历史吗？每一个朝代的更替、社会的变迁都是战争带来的，而很多时候的战争其实是可以避免的。一些执掌政权的野心家们，为了实现自己称霸天下的愿望，或者像文中的两个星球一样，仅仅是为了一个面子的小问题，就随便地发动战争。无论输赢，受到最严重伤害的总是底层的老百姓。例如希特勒，为了统治全世界，组织了纳粹党，大量屠杀犹太民族，还无情地把战火燃烧到其他国家，许多本来安居乐业的家庭饱受摧残、妻离子散。战争是人类文明的大灾难，即使时间过去了，它带来的伤害也是难以磨灭的。直到今天的和平年代，人们还在用各种各样的方式来抚平战争带来的伤痛。

文章的结局，智能战船带着韦达和他的朋友汉斯热爱和平的心，像衔着橄榄枝的鸽子，埋葬了野心且罪恶的政治家，远离了战争。我想，那也是人类的愿望。

此时的地球，已经是寸草不生，漫漫风沙，到处都是荒漠沙丘……

逃 离 地 球

险 峰

地球人类纪元 2000 年，R 星球的首领呱呱在对地球观察了83 天以后，得出结论：地球的历史极为悠久，物产十分丰富。他决定：入侵地球。

其实 R 星完全没有必要进行这次远征。因为，R 星的资源也很丰富，空气新鲜，人口适中。呱呱之所以这样做，主要是出于一种与生俱来的侵略本性。

呱呱一声令下，R 星出动了全星球所有的部队，带走了全星球所有能够带走的武器，乘上了一艘巨大的太空母舰，开始了长达数年的远征。

天上一天，地上一年。R 星人到达地球时，地球已是人类纪元2500 年。

地球上的人类组织了反抗军抗击 R 星的入侵，然而，在 R 星人先进的武器面前，地球人根本不堪一击。很快，地球上的人几乎全被杀光，只剩下了一个叫亚当的军团还在顽强地抵抗，军团的首领名叫夏娃，她是一个有胆有识、有勇有谋的杰出女性。

032

这一天,夏娃审时度势,率军团全体战士向 R 星人投降。呱呱派少数士兵把他们押上母船,送到 R 星服苦役。

地球是 R 星人的了,直到这时,呱呱才发现,地球远非他在 R 星时观察到的样子:寸草不生,风沙漫漫,到处是荒漠沙丘……原来在 R 星人飞向地球的这 500 年间,地球人比以往任何时候都更加残酷掠夺着自己的母亲——地球的资源:他们砍伐森林,破坏植被,使绿洲变成荒漠,大地变成冰川;南极上空的臭氧层没有了,空气变得既稀薄又恶劣……地球已经临近死亡之星的边缘。

呱呱非常生气,大为后悔,急忙拿起话筒同太空母舰联系,让太空母舰速返回地球接他们回 R 星。没想到,从太空母舰了传来了夏娃的声音:"呱呱先生,你的船已被我们占领,很快,我们就要占领不设防的 R 星,我们做个交换吧,你要地球,我们要 R 星。"

呱呱气得捶胸顿足,却是无力回天;而地球上的人类,则在 R 星建立了自己的伊甸园。经过了这场劫难,他们比以往任何时候都更懂得保护 R 星的环境,因为,夏娃说:"我们只有一个 R 星。"

赏析

建立我们的伊甸园 /黄潘潘

从文中可知,R 星球首领呱呱发动的侵略战争是非正义的;而对地球人类来说,抵抗外来侵略、保卫自己家园的战争是正义的。呱呱发动了一场完全没有必要的侵略战,他在战争中有勇无谋,最终只好吞下自己种的苦果。他的行为是愚蠢的。而值得我们赞扬的是，地球的亚当军团首领夏娃，是一位有胆识、有谋略的杰出首领。

地球人逃离了地球。此时的地球，已经是寸草不生，漫漫风沙，到处都是荒漠沙丘……地球已经临近灭亡的边缘，虽然现实世界中的地球，没有受到这种程度的毁坏，但如果人类继续乱砍滥伐破坏植被，地球也许会真的临近死亡。更重要的是，人类要避免战争，特别是避免使用核武器……

作为小学生的我们，从现在开始就要树立环保意识，并积极行动起来，为保护我们的地球家园尽一份自己的力量。

漫步时空

当我们凝望深邃的太空,不禁要问:什么时候我们才可以到太空去旅游呢?超越时间与空间,我们对太空有着虔敬的崇拜,正如对海洋这片蓝色的崇拜,人类从具有思维的那一天起对天空这片蓝色就怀有无限的遐想。美国的罗伯特·戈达德曾说过"很难说什么是不可能的,因为过去的梦想即是今天的希望,明天的现实。"

漫天奇光异彩，犹如圣灵显威。只有一千个太阳，才能与其争辉。我是死神，我是世界的毁灭者。

出访前人类

✎ 英　子

在亚马孙的热带丛林里度过两年艰苦的淘金生活后，淘金工比克和考尔决定回他们的家乡。两人的背囊里都有一包沉甸甸的金砂，他们的心里充满成功的喜悦。他们现在恨不能一步穿越热带丛林，立刻和自己的亲人团聚在一起。

于是，比克和考尔选择了一条比较难走、但据说要近得多的路，仗着自己有丰富的丛林生活经验，比克和考尔走得充满信心。第五天的下午，他们发现丛林里的树木稀少了些，比克和考尔加快了步子，很快穿过这片开阔的林带。

太阳已开始西垂，原本就昏昏暗暗的丛林更加幽暗了，走在前面的考尔用力地挥动利斧砍去纠缠在一起的藤葛，他们走过的地方，留下一条细细的小路隐隐约约伸向密林深处，在这荒无人迹的地方，也只有这里才能看到一点人的痕迹。

就在这时，丛林里似乎明亮了些，前方似有什么物体反射出道道光线，晃得考尔眼花缭乱。

"那里是什么，怎么这么亮？"考尔用手挡住这股光亮，从树缝

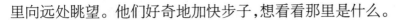

里向远处眺望。他们好奇地加快步子，想看看那里是什么。

两人快步向那处亮光走去，那亮光像灯标一样吸引着他们。

当那个发光物体终于出现在两人眼前时，他们两个吃惊得半天不能发出声音：在他们眼前的树丛里，在这从未有人居住过的地方，他们看到一个怪物——一座耸立在丛林里的巨大的黑山！一座通体闪闪发亮的高不可攀的黑山！

考尔和比克狂奔上前，当他们的手触摸到山体时，他们的惊讶更添了几分：黑山上闪闪发亮的岩石不是粗糙的石头，而是光滑透亮的玻璃！

黑色的玻璃山聚拢了丛林里的阳光，闪闪烁烁地放射到四周的树林里，方才刺痛考尔眼睛的光亮，正是这座巨大的玻璃山体发出来的。

考尔和比克突然想起，很早以来一直有人在传说着丛林里有一座古怪的黑玻璃山的事。

"人们一直在传说的就是这座山吗？"他们都用眼睛在问着对方。

当然，他们谁也说不出什么。

黑色的山体是那么高大，挡住了两人的去路。考尔性急地围着大岩石绕了一会儿，想找一处岩缝什么的攀登上去。可四处的岩石是那么的平滑，整座玻璃山像是一座整体的玻璃雕塑，天衣无缝，光滑无比，竟连个可以攀登的凹凸处都找不到。考尔和比克这下犯了难：他们必须绕很远的路，才能走出这处怪异的山体。

考尔就要离开黑色玻璃山的时候，他用斧头敲下了一块黑石头："这石头太古怪了，带出去给人看看是什么东西！"当时考尔是这么想的。

最后，考尔和比克走出了亚马孙丛林，他们带回的那块石头辗转来到一个化学专家的手中，化学专家也无法说出这块石头是怎么形成的，但他却把石头送进了国家科技馆。

40 年后，在北美洲海拔 7000 米的沙漠高原上，在这片无人敢于永久居留的生命禁区，一座实验室秘密建成。一座回旋加速器、两座发电机和一座更大的高压发电机，现在正在产生着神秘的原子核。参加此次实验的都是最卓越的科学家。

7 月 15 日的深夜，一座钢铁的高塔耸立在高原上，在那 100 米的塔顶，装着人类历史上的第一颗原子弹，这不过是一个比孩子玩的足球还要小一些的圆球，目前它的威力人们还未知晓。

7 月 16 日零时，随着高原上的第一声轰响，人类将步入一个原子时代。

零时终于在人们焦急的盼望中来到，在这一瞬间，随着一声无法形容的超级轰响，巨光闪烁处，一朵蕈状云冲向黑色的天幕。刹那间仿佛从地下一下子升起了 1000 颗太阳，这新生的太阳群聚集着可怕的能量，黑夜逃开了，代替它的是炙热的明亮和撕裂了天地般的恐怖巨响。尘土刹那间飞旋到 15000 米高，群山滚过阵阵雷鸣，沙漠浴在一片火海之中，所有高原上的动物植物在这瞬间痛苦地死去。

就连几百公里外的黑夜，都被这原子弹的强光照得如同燃起了万千灯火。

人类在哪里？在这铺天盖地的灾难面前人类处于什么位置？不，这里已没有人类的存在。人类已渺小到"无"。

这一次实验是成功的，而且比人们预想的效果还要强烈。它相当于 2 万吨的 TNT（一种化学炸药）的威力，深藏在地下的实验室里所有的仪器都被震坏了。况且这不过是一颗小型的原子弹，它比起后来我们人类还将拥有的超级原子弹来，只是个小玩意罢了。

惊心动魄的一刻过去后，参加此次实验的化学专家史特莱震惊地看到：原子弹爆炸中心的现场留下了一个一千多米的大坑，那钢铁的架子消失了，它并不是被炸得粉碎而化为碎屑，而是在高达几百万摄氏度的高温下，像巧克力那样融化得无影无踪了。远处的那片沙漠，已被高达摄氏两千多度的高温融化成一座座绿色的玻璃山。

赏析

反对原子弹 /李丽美

文中写的是世界上第一颗原子弹的爆炸经过，象征着我们人类走进了原子时代。本文用平实的语言，向人们描述了世界上第一颗足球般大的原子弹爆炸试验的经过。我不禁想起 1945 年 8 月 6 日，美国的 B—29"空中堡垒"轰炸机向日本广岛投下代号为"男孩"的原子弹，实施了人类首次核轰炸。

虽然两者发生在不同的时间和空间，一个是虚幻的，一个是现实。但原子弹爆炸的威力和它所产生的后果却如出一辙，只不过是把虚幻中的原子弹搬到现实中来，让人们切身体会它给人们带来科技进步的同时，亦给人们带来了灾难和痛苦，而这种痛苦却又无穷无尽的。

"美国原子弹之父"的科研组织者奥本海默担忧着世界的未来，他用梵文吟诵印度一首古诗：漫天奇光异彩，犹如圣灵显威。只有一千个太阳，才能与其争辉。我是死神，我是世界的毁灭者。后来，奥本海默成为组织全美反核运动的带头人，曾长期受政府压制，却受到世界人民的尊敬。

由于我们的人一直不重视环境保护，多种高等生物都先后灭绝，最后连人也不能幸免。

不死的星球

陶卫东

暑假到了，于小飞带着宠物狗贝贝，驾着自己亲手组装的飞船，到银河系外的卡勒西斯星去旅行。

卡勒西斯星是一颗大卫星，由于位于一个特大星云的边缘，又是逆时针自转，所以在它上面，能够欣赏到许多在地球上看不到的星相奇观。

在去卡勒西斯星前，于小飞曾通过网络对它进行了一些了解。据说这颗星球污染严重，有星际探险家还为它起了一个"不死星"的绰号。可是为什么叫它"不死星"，网络上没有介绍。

这引发了于小飞的浓厚兴趣，他决定到卡勒西斯星上去看看，并且准备写一个详细的外星考察报告，让学校的同学都开开眼。

飞船着陆后，于小飞才发现卡勒西斯星的污染状况比他想象的还要严重。凡是有水的地方，全都散发着一种令人作呕的臭味。垃圾像山丘一般在城外耸立着，他找遍整个星球，都没能见到树木，只有一些奇形怪状的小草，稀稀拉拉地生长在荒芜的土地上，一片很萧条的样子。

但令于小飞迷惑不解的是，这里的人和动物还都能够照常生存,而且从他们的身体状况来看,他们的日子过得还不错。"怎么会这样呢？"于小飞心中嘀咕着。

"大概他们早已适应了这种生存环境吧。"宠物狗贝贝说。

"怎么会呢？"于小飞说,"这种生态环境,也许少数低等生物还能适应,可这里居然还活跃着众多的高等动物,尤其还有人。"

"的确很奇怪。"宠物狗贝贝说。他们在一座大城市里漫无目的地闲逛着,来到一家科学研究所门前,他们决定进去看看。

这个科研所里有好几座古建筑,他们找到一位正在忙碌的科研人员,他是这个科研所的所长,也是卡勒西斯星科学界的精英。他们向所长提出了自己的疑问。

"哦,你们是从地球来的啊,难怪不知道我们这里的事情。要想知道的话,跟我来吧！"所长脸上透出一种无可奈何的表情。

于小飞带着贝贝随所长一起去了野外,抓了一头狼。回到实验室,所长拿出一套小型拆卸工具,几分钟就把狼变成了一堆闪亮的零件。

"天哪！"于小飞惊讶道,"难道说,这颗星球上的动物都只是一台机器？"

"没错。"所长脸上露出很悲伤的神色,"不仅仅是动物,连我们人类都是！"说完,所长将自己的一条手臂轻而易举地卸了下来。

"为什么会这样？"于小飞觉得难以置信。

"哎,其实我早在100年前就死了,我的亲友们把我的生命信息素全部灌输到了这具仿真躯壳里。由于我们的人一直不重视环境保护,多种高等生物都先后灭绝,最后连人也不能幸免。幸而我们的科技相当发达,在科学家的努力下,才有了你现在所看到的卡勒西斯星。也正是因为这样,外星球的人就给我们取了个'不死星'的外号。"

"原来这就是'不死星'的由来啊！"于小飞在旁边听呆了。

"真是太可怕了！"宠物狗贝贝叫道。

"不仅可怕，而且可悲。"于小飞从震惊中恢复了过来。

假期即将结束，于小飞告别了所长，带着宠物狗贝贝登上了飞船。看着越来越远的卡勒西斯星，于小飞心里有着一种说不出来的滋味。

"要警醒啊！"他自言自语道，"不然，卡勒西斯星的现在就是地球的未来！"

赏析 "不死星"的警醒 /陈耀江

相信于小飞在卡勒西斯星的暑假之旅肯定给他留下了深刻的印象。的确，于小飞在卡勒西斯星上见到的情景都是很令人吃惊的：凡是有水的地方，全都散发着一种令人作呕的臭味；垃圾像山丘一般在城外耸立着；他找遍整个星球，都没能见到树木，只有一些奇形怪状的小草，稀稀拉拉地生长在荒芜的土地上，很萧条的样子。在这种恶劣的环境中，星球上的动物都只是一台机器，连人都不例外。这难道不让你也吃惊吗？

看看我们现在地球上的居住环境，我们也正在毁灭自己啊！每天城市都会有堆积如山的垃圾，大小汽车不断排出一条条长长的黑糊糊的"尾巴"，动植物越来越少了，世界越来越没有生气了……

这难道是我们所想要的吗？当然不是啦！我们想要的是蓝天、白云，想要喝上干净的水，想看到洁净的街道，想看到生机勃勃的动物和漫山遍野的花草树木。

"不死星"上的悲剧正是由于对自然的破坏而造成的,但是如果我们人类也不断地破坏自然,那么,说不定卡勒西斯星的现在就是我们地球的未来呢! 这应该引起我们的重视与警醒。

要知道无论什么东西,在你还没能把它掌握在手的时候,千万不要掉以轻心。

飞贼与捕快

[美]挪伦·哈斯

他们中间,有些选择在黑暗里隐藏,而这位,隐藏在阳光下。

在恒星 F0 的第五个行星上有充沛的阳光,人类把这个恒星叫做老人星,把第五行星叫做快乐希望星。尽管面对这个悲惨的星球没有理由快乐,在这个星球上唯一的希望就是活下去。很显然,"快乐希望"是由以前到访过的一个探险队命名的。

尽管快乐希望星离老人星的平均距离达 30 个天文单位,但那日照量却是古老地球表面日照量的 16 倍。

我和茱丽安娜是死对头。她是罪犯,而我是抓罪犯的人。

在这样的酷热中,茱丽安娜不得不随时变幻自己的身子以便卸下盔甲。我呢,即使在快乐星球上外出的时候,也不得不穿上笨重的防热服来防护星球上炙热的阳光,我还是喜欢温暖的地方,但是这身防热服真的很笨重而且非常不舒服,很明显,它不是专为我设计的。

为了能抵御老人星球那可怕的光和热,茱丽安娜一定精心调整了她的身体组织。我的头盔过滤器虽然减少了阳光直射的强度,但是阳光仍然很刺眼。当我穿着那套不合身的防热服笨拙地迈出大步时,她那双警惕的大眼睛一直盯着我。

"你逃得很机灵。"我对她说。她做出一副可怜兮兮的样子。

"你也很能追捕,"她说,"我知道你是谁,你是太空捕快詹森。"

"我也知道你是谁,你是茱丽安娜,一个太空江洋大盗。"

如果我能笑,听到这话我一定会咯咯笑出声来的。茱丽安娜真了得!她不问我"你为什么在这儿"或者"你要怎样才能让我离开",她只有简单一句"你真够韧的"。

面对她那副冷若冰霜的样子,我说:"找到你并不那么容易,你逃跑的时候很少留下痕迹。在猎户座我们较量了几个回合,我让你逃跑了,装死这招相当聪明。"

"显然还不够聪明。"她说。

玩笑式的口水战该收场了。我说:"你知道我在找什么。"

"你在找科林提纳密码。"

"是的,你偷走的密码。这是我任务的一部分。"

"找回密码只是你任务的一部分,还有什么任务?"

"我的另外一个任务就是把你带回去。你是一个太过狡猾的贼,不能让你拥有自由。"

"谁雇你来抓我的?"

"居民星球联盟。"

"这些政客们雇佣你这个银河系最好的捕快来跟踪我并把我带回去,这一招并不聪明——派你来抓我,是在抬举我;如果你抓不到我,那是对我更大的恭维了。"

"最好的猎手抓最好的贼。"

"他们给你多少奖金?我加倍给你。"

"倘若我抓住你而又让你跑掉,那会有损我的声誉。不过我可以告诉你,这次的赏金比以前任何一次都多。"

"别跟我说什么你是一个诚实的太空捕快,本性难移!但是钱并不是你追捕我的唯一理由,不是吗?钱很重要,但是还有另外一个原因。"

"那会是什么?"

她冷冷地盯着我。

"你想证明你能抓住我这个无法被抓住的贼。没有人能抓住我,你想证明你能做到。"

"有人说你是最好的贼,谁都抓不住你;说我是最好的太空捕快。我怎么会放弃这个证明我比你强的机会呢?"

"你认为你已经证明了你比我强?"

"这不是显而易见的吗?我抓住你了,不是吗?"

"真的?你确定你抓住我了吗?"

茱丽安娜突然消失了。没有一丝光、一缕烟、一点动静,连遁逃前通常的身影淡化那一招都没有。前一秒她还在那儿,后一秒她就消失了。

她耍了我。她怎么能如此迅速地逃离呢?我苦苦思索,终于想到了她是怎么逃跑的。看来她有量子组解机!她用这个机器从快乐希望星球分解消失,又瞬间在遥远的某处组合重现。

茱丽安娜一定在笑话我。当我以为自己赢了的时候偏偏却输了。我对自己发誓:我只输这一回!游戏不会就此收场的。她太过于自信,她还会用同样的方法盗窃、逃跑的。她再这样干的时候,我得把她抓住。下一次，如果她试图用同样方式逃跑，我得为自己弄个机器，镇住她。

我回到安全的地下，脱下不舒服的防热服，边伸展八只长腿边叹息："我们会再碰面的。下次逮到你，你就跑不掉了，飞贼茱丽安娜。"

笑到最后的人才是成功的人 /韩文亮

中国古时候有个故事，说的是从前有一个人，拿着自己的矛和盾到市场上卖，他吹嘘说自己的矛是世间最锐利的，能刺破所有的盾，然后又吹嘘说自己的盾是世间最坚固的，能抵挡一切的矛。有人就问他，如果拿他的矛刺他的盾会怎么样。而文章中，当最好的太空捕快碰上最好的飞贼，又会怎么样呢？

"我"和茱丽安娜像猫抓老鼠一样，展开了一场追逐。"我"显然准备得不够充分，却又想急着证明自己是最好的太空捕快，能抓住最好的飞贼，却在最后关头功亏一篑。聪明的茱丽安娜谋划充分，运用先进的科技成果，成功地从"我"的眼皮底下逃脱了。"我"就是输在了太过急躁太过自信。自信是一件好事，它能使人勇敢向前，但是自信过了头，就变成了骄傲自大了。当一个人太过自信，被成功冲昏了头，就会导致失败，笑到最后的人才是成功的人。要知道无论什么东西，在你还没能把它掌握在手的时候，千万不要掉以轻心，以为自己已经成功了，却没想到成功已经"啪"的一声关上了大门。你也只能悔恨不已地眼睁睁看着自己本可掌控的东西溜走。

谁能拯救我们？只有人类自己！

人 鼠 对 话

佚 名

公元 2085 年的一天，我正坐在电脑面前，屏幕显示出一只活泼可爱的小老鼠。我紧张地操作着电脑，把老鼠的声音翻译成人的语言。

"请问鼠先生，为什么你们有如此强的免疫力？"我问道。

"被你们逼的，"它嘲笑似的回答，"如果我们免疫力不强，你们人类还不同样要把我们送进动物园保护起来？"

"为什么你们误食毒药后其余同类就知道不吃这种有毒的食物呢？"我有些汗颜。

"那是我们老鼠特有的，也是一个六维空间问题。"它有些得意了。

"六维空间？"请具体说说。

"你们人类不是利用五维空间造出了比飞机更方便的空中轨道吗？"

我知道它说的是我们的一种形如五角星的飞行物。我国科学家发现了五维空间，在这种时空下飞行的物体可产生接近光速的速度。

"再请问老鼠先生,你们怎么知道什么时候发生地震、火山爆发?"

"可悲的人类,本来这是动物共同的本能,可惜你们人类太过贪心、懒惰,以至于越来越脱离自然界,丧失了这种预知的遥感功能。"

"那么我们可不可以恢复这种功能。"我几乎哀求地问。

老鼠沉默了很久,然后点点头。

"快说!"我迫不及待了。

它却突然变脸了,生气地说:"你们人类太贪心,也太急功近利了,到生存受到威胁时才来求我们,哼!我不说了……"

"不行!"我大叫。它却从屏幕上消失了。我愤怒地敲着键盘。

为让老鼠重现屏幕,我终于想到了一个绝妙的主意。我用程序把猫输进了电脑,这一招真管用,无处藏身的老鼠不得不浮出屏幕求救于我。

我像审囚犯似地问它:"人类怎么样恢复预测地震的本能?"

"只要把我们的遗传细胞移植到你们人身上不就可以了吗?笨蛋。"

"是啊!"我大喜。正在我欣喜若诳的时候,猫已迫不及待地扑向老鼠。我大惊失色,救都来不及了。"我不是故意的。"我说。

"高贵的……人,做什么事……都有借……口!"在猫的利爪下老鼠吐出了这些字:要拯救地球,到动物那里找答案。要拯救人类,需与动物携手共建地球。屏幕上显出这两行字后,电脑"轰"的一声爆炸了。

赏析 **谁能拯救我们** /小 高

无法预料未来的世纪能带给我们什么,也许是机器人时代;也许是外星人统治时代;也许其他动物,例如老鼠成为真正的统治者。

在未来世界中,电脑科技的发展无疑是科技领域的重头戏之一,在那时的信息高科技时代,俯首皆是机器化的东西。

《人鼠对话》就是一篇以电脑为基础的科幻小说。通过电脑,老鼠和人能够通话,能做一些人类根本无法完成的东西。这篇科幻小说严谨而不失活泼,科学与趣味并重。在介绍电脑科技发展的同时,还从另一个角度提醒了人类:要拯救地球,到动物那里寻找答案;要拯救人,需与动物携手共建地球。

在现实生活与未来梦幻生活中,未来的地球生活就是一个万花筒。尽管全球化的高科技产品带来了很多好处,但我们也不能太贪心、太急功近利,也不能脱离其他的环境而单独存在,人类与动物不能相互斗争,应共同发展,如果人类赶尽杀绝,最后只能自我毁灭。

谁能拯救我们? 只有人类自己!

外星人守护天使,忠诚而又勇敢,堪称机器人类的典范,这才是我们应当接纳的地球难民。

星 际 难 民

涂凌智

这只飞船出奇的简陋与落后,船身上的千疮百孔表明它跨越了漫漫的时光,历经劫难才奇迹般地漂流到了阿塔星系。阿塔星系外务部部长虽然接待过不少外星系文明生物来访，但当他看到舱门打开，那个外星文明生物跨着僵直的步子走上前来时，他仍然因激动而释放了一阵微电流。

外星人脸色平静地述说来意，他使用的是一种古老的有声语言，在场的技术人员忙乱了好一阵子才破译出来，但是这些话在国会引起了轩然大波。

"你是说那个叫守护天使的外星人是机器人，和我们一样？"

"是，虽然他外表古老粗糙，结构原始简单，但他和我们一样依赖电脑芯片进行合理的推理并行动。我们的人类学家证实，在3亿年前，我们阿塔星系的始祖与他极为相似。"外务部部长回应着众多国会议员的问话。

"他为了寻求合适的星球让人类繁衍生息，重建人类文明，护送着人类的胚胎历尽千辛万苦来到阿塔星系？"

"他所说的人类就是毁灭者。"部长解释说。会场弥漫开一阵阵微电流。

"肃静！"总统发言了，"正因为如此，我不得不公布一份绝密档案。众所周知，阿塔星系前文明时代生活着一种灵长类生物，他们创造了高度的物质文明，可是由于贪婪自私，他们发动了战争，最后光子云雾弥漫在整个星系，所有灵长类生物迅速灭绝，因此我们称他们为毁灭者。然而，大家不知道的是，毁灭者正是我们的创造者，是他们研究、发明出我们机器人类。在大灭绝时代后，我们的祖先想重新创造灵长生物文明，他们进行了大量的研究，却一再为创造者卑劣的品行和缺乏理性感到无比困惑。重建灵长类生物文明的尝试失败了，但我们的祖先却因此而获得了进化——那就是认识到我们比我们的创造者更出色，我们有无可指责的完美品行和电脑芯片所能保证的足够理性,我们可以创造新的文明。"

会场静默,正如早期的历史学家早已预料到的,崇尚完美的机器人很难接受自己是毁灭者的创造物这一事实。

部长补充道:"据守护天使说,他来自一个叫地球的蔚蓝色星球,那儿也曾有过高度发达的灵长类生物文明,但在一场大规模的核战争后迅速毁灭。当他从最后一个避难所起飞时,最后一个灵长类生物已经灭绝。"

总统继续说:"现在我们面临一个难题,依据宇宙法则,我们有义务接纳星际难民,并帮助他们重建文明,但是……"总统顿住了,但他未说的大家都明白。

总统宣布:"请赞同的举手。"

会场诸人如泥塑一般,就在这一片沉寂中,一只手缓慢而又坚决地举起,是外务部部长。在众人的注目下,他说:"外星人守护天使,忠诚而又勇敢,堪称机器人类的典范,这才是我们应当接纳的地球难民。"

部长的提议得到大家的一致赞同。

对未来的希望 /许妍敏

人类的未来有着无限的可能,是持续繁荣还是灭绝?人们总是认为至少在自己有生之年不必考虑这个问题,也认为自己不必为人类的未来负上任何责任,因此,人们总是任性地做着自己想当然的事情。实际上,不少心怀天下的人都在为人类文明的传承而担忧。

人类社会发展到今天,已经拥有了高度的物质文明。但是战争的硝烟不时在地球上燃起，人类社会并不是绝对的和谐与安稳。

这篇《星际难民》当然是对人类未来的大胆想象：文明消亡，人类灭绝，机器人守护着最后的人类胚胎寻求生存的新星球。结果这个新星球正是人类灭绝后，机器人类获得进化而生活的地方。于是，阿塔星系的人陷入了不安和沉思：是否应当接收"毁灭者"的胚胎？是否帮助重建人类文明？

外务部部长举起的手告诉了读者答案：不管人类犯了多大的错误，能创造出忠诚、勇敢的守护天使，便值得被给予重生的机会。我们人人都要做勇敢的充满爱心的天使，把爱与和平传递到世界的每一个角落。

爱护动物、爱护生命、爱护自然，你们做到了吗？

新"诺亚方舟"

刘兴诗

我乘着宇宙飞船，来到一颗陌生的星球上。这个星球的文明，比地球落后整整七八个世纪。

那里的人长着一根可笑的长尾巴。不幸的是，我刚踏上这个星球不久，便被一些长尾巴的人抓住，关进了京城的皇家动物园任人参观。我在巴格达求学的时候，曾被认为具有特殊的语言天赋，能够用最短的时间学会一门生疏的外语。如今，为了了解这些长尾人对我的处置意见，我便竖起耳朵注意倾听他们的谈话，学起他们的语言来。

　　所幸的是，一位山羊胡子先生对我还算和善。在我学会了长尾人语以后的一天傍晚，游客都已散尽，山羊胡子先生愁容满面地告诉我，皇家动物园的保护者——老国王今天早上驾崩了。明天，王太子就要登基。这位血气方刚的太子热衷狩猎活动，由于已经没有野生动物可以猎取了，他下令在登基日把皇家动物园饲养的动物全部放出来，举行最后一次盛大的围猎。这样一来，所有的动物就要完全灭绝了。

　　山羊胡子先生要我帮助他解决这一危难。我用他弄来的一把钢凿凿断了两根铁栏杆，从笼子里走了出来，在密林中找到了我的飞船。

　　我发动了飞船，带着山羊胡子先生，恰好在黎明时分飞回了皇家动物园的上空。我驾驶着飞船从半空中猛冲下去，把王太子和那些长尾猎人吓得夹住尾巴，四散奔走。飞船降落后，我们赶快跳出来，用铁链把关动物的笼子一个个串起来。突然，王太子从藏身

的地方冲了出来,这时,我已重新发动了飞船,拖带着一串关着各种各样动物的铁笼子飞上了天。倒霉的王太子抓住了最后一个猴笼,打算拖住我们,却反而被飞船带上了天。

我们的飞船像是一个空中动物园,直朝山羊胡子先生指引的一座孤岛飞去。在那儿,他打算开辟一块天然的动物乐园。那个骄傲的王太子,终于落在野生动物自由自在的乐土上了。山羊胡子先生诚恳地挽留我,可是我思家心切,婉言谢绝了他。随即便登上飞船,重新飞向深邃的太空……

赏析 学会爱护 /陈新霞

《新"诺亚方舟"》描述了一个超越时空拯救外星球小动物的故事。纵使时空穿梭,这篇文章仍然表达了一个强烈的愿望,它呼吁我们要爱护地球上的每一个生命,要与自然和平共处。

地球上的小动物也面临着一场重大的危机,由于环境的污染以及人类的捕杀,很多可爱的小动物已经永远地消失了,如果再不采取有效的措施,可能我们以后只能在书本里参观动物园了。一个个可怜又可爱的生命,就挣扎在我们的一念之间,不要因为蝴蝶的美丽就自私地把它制成标本来观赏;不要因为喜欢小鸟的可爱就把它囚锢在笼子里不让它自由地飞翔;不要因为青蛙的美味就把它们残忍地杀害……我们要学会爱护小动物,爱护生命,还予它们自由生活的乐土。

爱护动物、爱护生命、爱护自然,你们做到了吗?

> 想象力比知识更重要，因为知识是有限的，而想象力概括着世界上的一切，推动着进步，并且是知识进化的动力。

远古的遭遇

查羽龙

那个原始人已经在我身后追了很久了，他狂叫着，一定把我当成了今天最好的猎物。

我早就在后悔被老毕他们拉来这里了。不知这时候老毕那家伙自己跑去了哪里，还有小琪。我一路呼唤了很长时间，这两个同来的死党却始终没有半点回应。

在我们那个年代，有阵子很流行乘时光机回古代旅游。不过，如果不是老毕贪图那六折的优惠，如果不是小琪诱惑说——"原始社会生活好呵，原始社会可以天天吃烧烤。"我才不会来这个连性命都要时时受到威胁的鬼年代。

如今想起时光旅行接待小姐神秘甜美的微笑，实在有些气不打一处来，亏她好意思说——"先生们，去10万年前吧，保证刺激有趣。那是我们新开发的旅游线路，试营业，打六折，很便宜的。"

我已经被那个原始人追得气都喘不过来了，但我还是只能深一脚、浅一脚地往前跑。我倒确实是感觉到了刺激，只是这种刺激的代价未免太大了些。也许就像小琪形容的一样，恐怕是我自己马上就要变成原始人炭火上的烧烤。现在的我，真是很后悔选中了那样一家没有服务保障的小旅行社。

一切大概都已经晚了。我的脚突然踢到坡路中央的一块尖石，脚一软，整个人都重重摔了出去，这时我听见身后那原始人在叫声中蓦然流露出一种笑声。然后他就像是座大山，猛地扑到我的身上。

我的眼前发黑，接着一阵发晕……

"啪——"

简直像老套的惊险片，直到最后时刻，原始人的后脑才被一块大石狠狠砸中。那家伙的脑袋碎裂，流了很多血，扑倒时哼都没哼。

我看到了小琪，这一下是她砸的，她站在那里，大概受到惊吓，口中不停叨念："还好，还好……"

好个屁！我的气简直不打一处来。

不过看到她那脸色惨白的样子，我也不忍心再责怪什么。只是这一下游兴全无，于是催促："去找老毕，我们回家！"

"老毕？什么老毕？谁是老毕？"小琪看我的眼神像看个怪物。亏她能一脸无辜地说这种话，这两个冤家不知又闹什么别扭了。我知道小琪是成心装傻。这倒也提醒了我，我决定要治一治老毕这家伙，如果不是他非要来这里，我们怎么会弄成现在的样子？真气死我了！

我们真的谁也没有再去找老毕，径自若无其事地启动了时光机。我想，等老毕发现我们把他一个人留在远古时，他的样子一定很有趣。活该！谁让他骗我来受这份折磨。

我这人到底够仗义，离开旅行社时，并没有忘记提醒接待小姐另派时光机去接老毕，毕竟不能真把他困在远古吃烧烤。

让我不解的是，接待小姐看我的眼神居然也像在看怪物："先生,您搞错了吧。你们一行并没有什么姓毕的先生呵?"她甚至翻出组团档案来给我看。档案里只是我和小琪,天晓得老毕那份去了哪里。这小旅行社的服务差得也太离谱了!老毕分明就是和我们乘一台时光机过去的。怎么会……

我真急了。与接待小姐理论,一来二去,顺口就说出了小琪砸死原始人的事。谁知,那一刻接待小姐的神色顿时就变得极其怪异,她随即转身开始查身旁的一台机器。我有些后悔,要知道,砸死原始人是违反规定的,说不定要为此赔上一笔天价的罚款。

但这,却不是结局。那结局竟是我做梦也没能料到的。我相信,也许再没有什么会比接待小姐所说的那件事更糟了,她说——

"很不幸,先生。你们砸死的原始人偏巧是毕先生的祖先,所以这样的话,世界上根本就不会再有毕先生这个人了。"

啊?!

天啊!可怜的老毕,他居然从来没有出生过……

赏析

扬起想象的翅膀 /冼泽梅

《远古的遭遇》这篇文章将会用时光机把你带回到10万年前的远古时代,进行一段惊心动魄的旅游。从"两个伙伴走散了"到"我被原始人追杀",紧急关头"小琪把原始人砸死了","老毕失踪了",再到最后的"老毕从来都没有出生过",整个故事情节紧凑离奇,扣人心弦,想象大胆夸张,特别是结果,更是出乎我们的意料之外,但非常合理,顺理成章。

想象力在科幻小说中尤其重要,对整个民族来讲,更是创新的源泉。爱因斯坦说:"想象力比知识更重要,因为知识是有限的,而想象力概括着世界上的一切，推动着进步，并且是知识进化的动力。"一个没有幻想的民族，会有热情、希望和生机吗？小朋友们，扬起你们幻想的翅膀，腾飞吧！为了祖国更加灿烂的未来而努力奋斗！

我想再去一千年后看看，看看这颗星球是什么样子！

相距一千光年

✍ 李建珍

深夜，从 F 星天文院里走出来一个一脸白胡子的老人，他急匆匆地坐上飞行器，向王宫的方向飞去。

来到王宫外，老人没有经过卫士的通报就直接走了进去，那是因为他那张长满皱纹和白胡子的脸就是绝好的通行证，他可是国王最信任的天文院的老院长——理金霍。

理金霍院长深夜来到王宫是有一件重要的事，他刚刚和助手一起发现了一颗蓝色的星球，据他判断，那是一颗有生命的星球，于是，他连忙来向国王报告这个好消息，就算是在国王的床前禀告，他也顾不得了。

出乎意料，国王还没有入睡，在国王的宝座前，理金霍看到了他的老同学——太空飞行院院长维穆。见维穆一副踌躇满志的样子，理金霍知道维穆的计划进展顺利，很有可能他已经说服国王同意制造他在电脑上已经论证过许多遍的星际时空穿梭机,如果那样的话他们又打成了平手。虽然年纪渐老,但他们的好胜之心却都还没有减弱,只是他们的字典里没有嫉妒这个词语,他们都会为对方的成就感到高兴,同时自己也在继续努力,希望超越对方。

"理金霍院长,你来得正好,我和维穆院长已经商量了好一阵子,我同意他开始实施制造星际穿梭机的计划。你们天文院的太空望远镜的研究进展如何?"

"陛下,我就是来向您汇报一个好消息的。今天,我们的望远镜成功地观测到一颗位于银河系边缘的行星,那是一颗美丽的蓝色行星,在距离我们星球大约一千光年的地方。我们院的研究将继续下去,争取早日把能够观测到其他行星表面生物活动的望远镜制造出来。"

"很好,有什么需要国王会全力支持你们的。"

"谢谢国王陛下。"理金霍和维穆齐声说。

一年后,在天文学家们的努力下,国王在天文院看到了那颗与他们相距一千光年的蓝色星球。

国王在电脑屏幕上看到了无数颗闪亮的恒星,还有一些恒星近旁暗淡的行星,但哪一颗行星都没有那颗深蓝色的行星那么吸引人。国王目不转睛地看着,理金霍在旁边讲解着:

"这颗行星有百分之七十的面积被水覆盖着,还有百分之三十的陆地,现在,陛下您请看,这是一座城,建在陆地上,旁边还有好几座城,规模都差不多,一样的四四方方,城墙上站着好多人……"

"他们在干什么?"国王惊呼道,"他们手里都拿着尖尖的家伙,还有人在爬墙,站在城墙上的人怎么把他们从梯子上推下去?理金霍院长,这是什么怪现象?我看不明白。"

"陛下，这看起来是挺恐怖的，我也说不清，要不您先回宫里去，我再找人研究研究。"

国王看到这些，一方面觉得新奇，一方面觉得蓝色星球上的人太过残忍。不过他每天只要有空，还是会去看看那颗蓝色星球上又发生了什么。

这一天，国王在王宫里处理完政务，正打算再到天文院去观看。忽然，太空飞行院院长维穆走了进来，说："国王陛下，我们的星际时空穿梭机已经研制成功，我们想请您去看看。"

国王听到这个消息，一个念头在他脑中闪了一下：对了，我可以亲自驾驶星际时空穿梭机去那颗蓝色星球，劝告他们不要再打打杀杀。

国王向理金霍院长和维穆院长说出了自己的想法，两位院长都反对国王的这一冒险行为，可是没办法，国王坚持要这么做，他们只好陪国王一同前往。

一切准备好后，星际时空穿梭机起飞了。飞行器里的国王透过口望窗，看见外面如同一张立体、闪亮而又五彩斑斓的巨大蜘蛛网，自己正在网中央穿梭。

几分钟后，国王看见那颗蓝色星球赫然飘浮在自己眼前——就那么悬空挂着。

"国王陛下，请坐好，我们已经到了时光隧道的出口，现在就要着陆了。"维穆院长提醒他。

"慢一点，我想看一看这里是不是和我在天文院的太空望远镜里看到的景象一样。"

"遵命。"

国王看到这个星球的表面一点一点地变得清晰了：海洋还是那个海洋，但是并不是纯粹的蓝色，有的地方颜色发红，有的地方

变成了黑色;陆地还是那么大,但是绿色怎么那么少?好多地方都
是一大片一大片的黄。国王也没有看见各自独立的城池,他看到
空中有钢铁大鸟飞过,水上驶过各种各样大大小小造型相似的钢
铁承载物,地面上各式桥梁林立,道路上全都飞驰着有轮子的钢
铁匣子,时不时还碰到一起,看得他心惊胆战。忽然,一枚拖着火
光尾巴的东西向他们飞了过来。

"啊!"国王惊叫起来。

维穆院长沉着地调整穿梭机的方向,他们一下子升到高处,从
窗外望去,那枚长条形的玩意儿落在了一座城市里,一时间,火光
冲天,然后巨大的、黑色的蘑菇云慢慢腾空而起……

穿梭机飘过去,国王看见:建筑物倒塌,钢铁的车辆被炸得稀
巴烂,到处混乱不堪。有人就那么倒在地上,缺胳膊少腿;有人在
奔跑中被火光吞没。

哦,天哪,这个星球上的人在做什么?

国王伤感地闭上了眼睛,他的脑海里浮现出在天文院看到的
那些情景,虽然那种情景也很残忍,但是似乎还没有这样大的伤
亡人数。自己来这里是想阻止他们疯狂的残杀,却发现他们的杀
戮更为凶残。

"为什么会这样?理金霍院长,这些人拥有的武器,怎么比我在
我们星球上观察到的更有杀伤力?"

"哦,陛下,我明白了,您在天文院观察到的是 1000 年前的这
颗星球,我们和他们相距 1000 光年,现在我们使用了星际时空穿
梭机,穿过时空隧道直接来到 1000 年后的现在……"

"已经 1000 年过去了,他们怎么还是这么好战?"国王觉得不
可思议。

"陛下!"坐在操纵台前的维穆院长说,"我们还是回去吧!我

们改变不了什么,他们星球的命运应该由他们自己决定。"说完,他准备重新调整星际航向,飞回自己的星球。

"等等!"国王阻止了他,"我想再去1000年后看看,看看这颗星球是什么样子!"

维穆院长没有办法,飞船向另一个时空飞去,他们在那里会看到什么呢?

和平的呼声 /程 光

《相距一千光年》以 F 星国王的眼睛看到了地球上无尽的杀戮,先是地球上一千年前的原始战争——人与人的肉搏之战,再是一千年之后的现代战争——"蘑菇云"。

文章首先讲述的是 F 星两位科学家的伟大发明,初看还以为是讲这些发明如何厉害的故事,但作者却利用这些发明,把 F 星与我们这颗蓝色星球联系起来。相信很多的读者都清楚地意识到,F 星国王眼中的那颗蓝色星球就是我们居住的地球,这篇文章是对和平的呼唤。

战争,一直是世界和平最大的阻力,作者以外星人的角度说出了"太过残忍"这句话,并以 F 星国王不顾危险亲身劝阻的行动表达了渴望阻止战争的愿望。这也是作者与广大爱好和平的人们的共同心声,只有战争停止了,和平才会到来,地球才能避免杀戮。

文章最后设下了悬念,"他们在那里会看到什么呢?"大家当然希望是和平的景象!

两名本来想把狮子和老虎当作猎物的猎人，做了动物守护员，成为"最后的猎人"。

最后的猎人

张 扬

西城仓库的墙角边坐着两个奇怪的人。一个戴着中世纪的高帽，身上穿着 20 世纪时兴的牛仔服，腰里别着一把破旧的别克腰刀。另一个头发又密又长，清秀的脸上长着一大把络腮胡，嘴角微微向上翘起，显得很滑稽。

两人都吸着烟，悠闲地吐着烟圈——这种污染物政府几千年前就禁止生产了。这时，络腮胡对高帽说："我听说玛雅图星还留着不少猎物。"他正了正身，随手摸了摸腰上的一袋子弹，"听说那些可都是真货。"

"是啊，300 年前留下的，不过你可不能打它们的主意。动物协会好像得到了什么消息，昨天就派了 3 艘军船的人到玛雅图星去了。"高帽说完，捡起一支猎枪给络腮胡，自己捡起另一支双筒枪。

这时，一个智能巡查机器人走了过来。它恭敬地鞠躬，然后用标准的电子音说道："先生们，请停止吸烟，并接受罚款——宇宙币 30 元。"

"笨蛋，你难道认为我们有钱吗？"络腮胡拿起猎枪打毁了机器人芯片。四周的报警器随即响了起来。后面追来了 10 个防爆机器人。两人跳过一道铁护栏，转到一个拐角。

络腮胡问："老兄，左边那 6 个归我，其余的归你好不好？"高帽笑了笑，用 4 堆机器废铁做了回答。络腮胡把剩下的半截雪茄掐灭，放进口袋，不慌不忙地解决掉剩下的机器人。两人尽量走那些没有监控防护栏的道路，总算摆脱了机器人。

"快看，我们已经到了飞船基地。"络腮胡嚷道。

两人猫着腰靠近了飞船。"去玛雅图星！"两人几乎同时喊出声来，然后飞快地钻进飞船。

这是一架无人驾驶飞船。络腮胡和高帽在飞船里四处看了看，然后坐在角落里抽雪茄。高帽先说："这飞船好像是去给那些狮子、老虎送吃的，不过，这么重要的事情，怎么能让无人驾驶飞船去办呢？"

"你这一说，倒提醒了我。嘿，我们不正好可以假扮驾驶员逃过检查吗？"

很快，飞船便来到了玛雅图星。进站后，一个中校检查了一番，并让络腮胡和高帽开动装有食物的储备舱进入保护区。

"啊，卖给玻利人，一只赚 20 亿个宇宙币，这么多狮子、老虎，我们得赚多少钱啊！"络腮胡兴奋地说，"那我们比前几天被枪杀的那个宇宙最富有的人还有钱了！"

就在他们准备行动时，枪炮声响了起来。他们躲到岩坡下才看清，原来强盗也来抢猎物了。20 几个强盗与两百个卫兵正激战着。

络腮胡问："你说我们帮谁？"

"那还用说，当然帮政府了，我可不想跟强盗一起分享猎物。"高帽往枪膛里装子弹。

强盗还没明白过来怎么回事，就已经死的死、伤的伤了。不过这样一来，络腮胡和高帽就有麻烦了——卫兵把他们围了个严严实实。

"没错，我们是猎人！"高帽大声说道。卫兵们面面相觑，要知道，政府几百年前就宣布这个职业为非法职业，进行了严厉地打击，而且大部分动物都已经灭绝了，所以猎人几乎销声匿迹了。现在突然冒出两个猎人，卫兵们惊讶不已。

考虑到络腮胡和高帽刚才帮助政府打击强盗、保护动物，也算是立了大功，中校立即向总部请示如何处置他们。

络腮胡和高帽"如愿以偿"地带走了狮子和老虎，只不过，他们是在卫兵的护送下将动物送到基努星的保护区，因为动物繁殖得太快，玛雅图星已经住不下了。络腮胡和高帽成为基努星的动物守护员。嗨，谁让他们这么了解动物的生活习性呢！

猎人，终于彻底地从宇宙中消失了。

保护野生动物 /韩文亮

21世纪，是一个经济和科学都迅速发展的时代，而人类文明的发展是以牺牲环境和其他生物为代价繁荣起来的。为了建造住宅，人们破坏了环境，砍树填湖，破坏了动物的生存环境；为了满足自己的口腹之欲，为了得到做时装的毛皮，人们又不顾一切地捕捉野生动物。人类破坏了生态平衡，而生态失衡又会反过来制约人类的发展。前几年爆发的"非典"应该是那些野生动物发出的最有力的抗议了，它为我们敲醒了警钟。

动物是我们生活在地球上的同伴，是和我们相互依存着的。据有关资料表明，全世界的野生动物正在以每天一种的速度灭绝着。这是一个多么惊人的数据啊，它告诉我们要走可持续发展的道路。如果再不行动，再不好好保护动物，我们的子孙就只能在历史的资料里，看到老虎、狼、田鼠、娃娃鱼和其他生物了。文章里的政府懂得了保护动物的重要性，特地开辟了养殖动物的保护区，就像我们现在的动物保护区一样。保护动物和它们的生活环境刻不容缓。

而两名本来想把狮子和老虎当作猎物的猎人，做了动物守护员，成为"最后的猎人"。希望我们也一样，不再有猎杀野生动物的猎人了。

科技之风

科技发展,一日千里,出现了多少快乐,留下了多少悲伤……

探究过去的科技,到底埋藏了多少秘密与神奇?千百年来引无数英雄竞折腰,跌撞疲惫的科学,我们又知道了多少?曾经天真地以为每次月圆之夜昂首便能窥视嫦娥在广寒宫中的倩影;曾经多少次在熟睡的酣梦中惊觉自己插上科技的双翼展翅高飞。在过去,这些离我们是如此的遥远;但是今天,你将可以真切地感受到科学的气息,我们将为你安上心灵的双翅……

他们决定将自己冷藏100年，到出来时便可以保持精力充沛，为100年后的体育运动再做贡献。

冰箱里的教练们

周　锐

这是一批世界上最出色的体育教练，他们自愿地钻进了一个大冰箱。

原来，国际教练协会刚开了一个讨论会，讨论题目是：100年后的体育运动水平，将超过现在呢，还是不如现在？

一部分教练说："会超过现在的，一代更比一代强嘛。"

另一部分教练却直撇嘴，他们认为：破世界纪录的人将越来越少，因为现在的水平已经差不多到顶了。"再说，那时候不会再有像现在这样出色的教练了。"他们断定。

讨论会没有结果。会后，这些撇嘴的教练聚到一起，商量道："我们不能这样撇撇嘴就算了，作为著名教练，我们也要对未来的体育运动负责呀。"

他们请冰箱厂特制了一个大冰箱。他们决定将自己冷藏100年，到出来的时候便可以保持精力充沛，为100年后的体育运动再做贡献。

根据各人的体型，他们选择了各自在冰箱中的位置，矮而胖的坐到放鸡蛋的圆窝儿里，细高个儿像汽水瓶那样站成一排……他们把定时升温开关拨到"100年"的刻度上，然后合力拉上了密闭的铁门。

他们各自做了一个长而又长、长得有点无聊的梦。终于有一天，他们在温暖中醒来。"砰！"冰箱门自动弹开，阳光刺眼。他们抖一抖身上的霜花，从各自的位置跳出来。

100年后的世界使100年前的人们眼花缭乱。但他们的责任心提醒他们，先别顾着观赏市容，"到体育馆去！"他们异口同声地喊道。

随着这喊声，他们脚下的人行道突然移动起来。这是一种声控自动人行道，它很快把教练们送到一座超级体育馆前。

这座体育馆设有许多分馆。篮球馆内正在进行国际比赛，"进去瞧瞧！"篮球教练来劲了。

跟100年前不同，那时候篮球场上尽是大个子，可眼前的双方队员的身高竟只有一米七、一米六左右，个别队员还不到一米五。

100年前的篮球教练摇了摇头，他找来如今的教练，对他说："要注意挑选高个儿队员，'空中优势'很重要。我们那时候，两米以上的队员多的是呢。"

"谢谢前辈指导，"场上教练笑着解释说，"可是如今改了比赛规则。为了鼓励技术的发挥，防止靠身高占便宜的现象，我们现在规定：同样投进一个球，矮个儿队员比高个儿队员多计分，越矮分越高，所以……"

篮球前辈目瞪口呆了。

"其他运动也有了一些改进，现在正同时进行着拳击比赛……"

不等那教练说完，拳击教练忙催伙伴们赶到拳击馆。

一座拳击台，用绳栏围着，看起来还跟100年前一个样。两名选手你来我往地较量着。忽然,穿红背心的选手"嘻"地笑了一声。

老教练忍不住喊出来:"严肃一点!嘻嘻哈哈会影响斗志!"

这时那个红背心又笑了一声,教练们这才发觉,原来是他的对手蓝背心胳肢了他一下。

"犯规!"老教练又喊。

"别乱喊。"裁判说,"并没犯规呀。进攻手段应该灵活多变,互相挠痒痒是许可的。老实说,不怕痒的人还无法取得参赛资格呢。"

"这像什么话!"拳击教练独自喃喃着。

游泳教练又把大伙儿带到游泳池。

"这也不像话!"游泳教练指着各泳道选手的身后——他们并不赤脚,而像溜冰运动员那样在脚上绑着东西。这是各式各样的机械推进器,有螺旋桨式的,有喷气式的……

游泳教练气呼呼地指着第一个爬上来的选手说:"你赢得并不光彩!"

"有什么不光彩的?"那选手理直气壮地反驳,"这推进器是我自己设计制作的,就跟航模运动员做航模一样,凭的是智力。我得冠军靠的是体力加智力,难道不比以前光靠体力的运动员光彩一些吗?"

游泳教练被驳得无话可说。

这时跳高教练"哼"一声:"这么说,也许跳高运动员的脚底要装上火箭了。"

他们又来到跳高场地。

跳高教练看了看电子显示屏,惊讶地叫起来:"现在的跳高世界纪录只达到一米六?不对吧?我们那时候已经超过二米四了呀。"

负责摆跳高横杆的工作人员告诉教练道:"原来的世界纪录已

接近极限，为了提高大家对这一运动的兴趣，规定起跳时要双脚并拢，这样有了新的难度，也就产生了新的纪录。"

自行车比赛也是如此，选手们往后蹬车，屁股朝着终点。

象棋比赛呢，老将从来不能走出城圈的，可是现在给了老将出城的自由，这样就很不容易被"将"死啦。

这都是 100 年前的老教练们想象不到的事。

而且，又有些新的运动项目正式列入国际比赛。比如，"斗鸡"，这原是小孩子闹着玩的把戏，抱着一条腿撞来撞去的，现在得到了国际奥委会的承认。

还有一种笑的比赛，跟健美比赛差不多。要求笑得美、笑得自然、笑得适度、笑得悦耳。选手们还得知道什么该笑，什么不该笑。裁判跌了一跤，好几个选手都笑了，他们被扣了分。而当裁判提出："请想象一下自己现在已得了冠军……"有一个选手没像别人那样笑出来，他也被扣了分。

老教练们奇怪地问："为什么要扣他分？他表现得挺谦虚嘛。"

裁判回答："我们认为，一个人有权为自己取得的成绩自豪，而且他没必要掩饰这种自豪的心情。"

老教练们听了这话，虽然还有自己的想法，但他们也笑了，为了这敢做敢笑的新一代人。

老教练们商量了一会儿，又一齐钻进那大冰箱，又把定时升温开关拨到"100年"的刻度上——他们充满兴趣地等待着下一次，那"砰"的一声，那刺眼的阳光……

认识的变化 /韩文亮

人类对世界的认识总是随着时间的变化而变化，例如很久之前，人们以为地球是方的，后来才发现地球是圆的；人们以为有神灵的存在，后来就认为根本没这回事；人们以为阴天下雨是龙王打喷嚏，后来才明白那只是一种自然现象。文中的教练们，为了证明100年后体育水平是进步还是退步，把自己冷藏进了冰箱。来到了未来，他们才发现，时代不同，观念不同，所做的规定也会不一样，体育比赛的规则已经随着时代的变迁发生了很大的变化。例如当一样纪录到了极限的时候，就反过来比赛；以前犯规的行为现在都变得正常；还增加了各种各样稀奇的比赛，丰富了比赛的项目……这些规则比起以前，更加的人性化，也更加的灵活。这些都是以老教练们当时的认识水平所无法想象的，也证明了当初他们的判断是多么的肤浅。

生活就像流动的水，是不停向前的，也因为这样才能保持它的清澈和活力。人类总善于创新，思维也会随着社会的发展而改变自己的认识。所以不要盲目地下结论，去判定还没能看到的东西。

自从有了李聪聪的超级遥控器，世界也变得祥和安定了。

超级遥控器

肖邦祥

一

Z国A城的今天，出现了万人空巷的局面。上午8:00还未到，全城的居民几乎都坐在电视机前，急切地等待着现场直播节目的到来。

一阵热烈的掌声响起来了。只见电视节目主持人把一位英俊的少年领到台上，热情地向观众介绍道："各位观众，各界朋友，站在我身旁的这位少年就叫李聪聪。他手里所拿的长方形的盒子就是他不久前发明的超级遥控器！"

原来，李聪聪是一位天才少年。他发明的这只超级遥控器，据说有999种遥控功能。无论是天上飞的，地上跑的，还是水里游的，只要是人类所制造的东西，它都可以随意遥控。在888米的范围内，还可以遥控人的手和脚呢！

这小小的盒子果真有如此的神通吗？说来也巧，就在许多人半信半疑的时候，有人神色惊慌地跑来向电视台报告："不好了！有颗人造卫星由于偏离轨道，现在正高速飞向大气层，估计可能会坠毁在A城！"

卫星坠地可不是闹着玩的，在直播现场的许多观众顿时坐不住了。李聪聪镇定地把遥控器对着天空，迅速按下一个按钮。只一眨眼的工夫，卫星监测中心就传来喜讯："卫星又回到了原来的轨道！"

人们又是鼓掌，又是欢呼。这时，有个性格倔强的老爷爷跳到台上，要检验一下超级遥控器是否能够遥控人的手脚。

"老爷爷，"李聪聪很有礼貌地对老爷爷说，"我指挥你的手脚做一下广播体操的第一节，好吗？"

"行！"老爷爷爽快地点了点头。

李聪聪轻轻按了一个键。怪事出现了——只见老爷爷的手脚不由自主地随着李聪聪的口令动起来了。那一招一式，活像一个标准的体操队员在做操！

在场的观众见此情景，高兴地把李聪聪抬起来，抛了又抛。是啊，他们怎能不为本城拥有一位天才少年而自豪呢！

二

李聪聪发明超级遥控器的消息，像长了翅膀，很快飞遍全国，飞遍全世界，成了全球各地的头号新闻。

然而，正当A城人民准备为李聪聪开庆功大会时，一条叫人万分震惊的消息传来了：李聪聪的超级遥控器在电视台亮相后，当天晚上就被人盗走了！

超级遥控器的威力非同小可，要是落在丧心病狂的恐怖分子手里，后果不堪设想。Z国迅速出动一流的侦探，开动最先进的侦察仪器,结果很快就查出:是 P 国的间谍所为!

P 国的 W 总统是一个想用武力征服世界,梦想做世界霸主的暴君。那天,当他看到 A 城的李聪聪发明的超级遥控器,心里不禁一阵狂喜。于是他命令潜伏在 A 城的间谍:要不惜一切代价把超级遥控器偷到手!

情况十万火急。A 城所在的 Z 国立即调兵遣将,开始了搜捕 P 国间谍的战斗。

"你们不用搜了!"P 国的 W 总统突然出现在 Z 国所有的电视屏幕上。他得意地举起一个盒子叫道:"超级遥控器已经到了我的手里!限你们 24 小时内全部投降!否则,我就要用超级遥控器来发言了!哈哈哈……"

"你别高兴得太早了!" 李聪聪对电视上的 W 总统说,"我已经在超级遥控器上安装了密码锁,它已经不能发挥作用了!"

W 总统大惊,赶忙用手指按了一个按钮,果然毫无反应。他顿时气急败坏,高举超级遥控器,对李聪聪说:"快把密码告诉我,否则我就摔碎它!"

"你别摔,"李聪聪说,"我马上告诉你!"

"慢!"W 总统说,"密码只能告诉我一人,你快过来!"

"那好吧!"李聪聪装作无可奈何的样子点点头。

说罢,他立刻登上飞机,径直向 P 国飞去。

三

P 国总统府内,军警密布,戒备森严。W 总统坐在宝座上,满脸的骄横得意。李聪聪一出现在总统府大厅,W 总统马上满脸堆笑走过来:"欢迎你,李聪聪先生!希望你能够为我们 P 国效劳,我绝不会亏待你的！"

"谢谢你的美意！"李聪聪冷笑道，"我看你还是把超级遥控器还给我为好！"

"什么！"W总统顿时暴跳如雷，"你竟然不知好歹！快把密码告诉我，否则我就杀死你！"

李聪聪瞥了一下身边，只见2名刽子手如凶神恶煞一般站在两旁，手里拿着雪亮的钢刀。

李聪聪微微一笑，张口轻轻说了一句话。

W总统一点儿也没听清楚，忙问道："你说什么？"

李聪聪大喊一声："红键下！"

话音刚落，包括W总统在内的所有大厅里的人顿时都手脚无法动弹，僵在那儿如木偶一般。

"你……你……"W总统顿时惊慌失措了。他做梦也没想到，李聪聪刚才轻轻一句话，就打开了超级遥控器上的密码锁，然后发出语言指令，启动了遥控对方手脚的红键。

W总统见势不妙，忙嘿嘿笑道："李聪聪，我是和你闹着玩儿的，快放过我们吧，我们绝不会为难你的！"

李聪聪冷笑道："我可不是那么容易哄的小孩子！你不是想当世界霸主吗？下面就请你睁眼看看你的美梦将怎样破灭在你自己的手里吧！"

说完，李聪聪走到一个大型电视屏幕前，轻轻按下一个开关。大屏幕顿时亮了，闪现出P国所有的军事部署。李聪聪仍然让W总统手里拿着超级遥控器，只是让遥控器的天线正对着大屏幕。

"绿键下！"李聪聪发出第2道指令。刹那间，只见所有P国的飞机纷纷返航，一齐撞毁在P国的一座大山上！

"黄键下！"李聪聪发出了第3道指令。霎时，只见P国所有的

火箭和导弹还未发射就在发射架上自动爆炸了！

"蓝键下！"李聪聪发出了第4道指令。话音刚落，P国所有的军舰像中了邪似的，纷纷掉转船头，互相对撞起来。随着一阵阵的爆炸声，所有军舰全都沉没在波涛汹涌的大海之中。

"我求求你，求求你，别再喊了！"W总统哀求道。李聪聪并不理会，干脆连珠炮似的发出指令："白键下！黑键下！紫键下……"

这样一来，P国可热闹非凡了：只见本国的坦克与坦克互相开火，大炮与大炮互相射击，一列列军用火车脱轨而出，一座座弹药库飞上了半空……顷刻之间，P国所有的军事装备和设施全部淹没在一片火海之中。

四

W总统气得几乎昏了过去。此时他脑子里只有一个感觉：完了！一切都完了！

消息很快传遍全世界。那些平时饱受P国欺凌的小国顿时兴高采烈。它们的国王和总统纷纷打电报给李聪聪，向他表示崇高的敬意和热烈的祝贺。

真的，自从有了李聪聪的超级遥控器，世界也变得祥和安定了。

赏析

世界和平的调节器 /庞怡君

读了《超级遥控器》，我也不禁在想：要是真的有李聪聪发明的这种999项控制功能，888米内可控制人的手脚的遥控器，那该多么好啊。

或许我和作者都是突发异想，但我们确实是不愿意再看到世界战火连绵、硝烟将我们重重包围。如果真有"世界和平的调节器"，我们一定要正确地使用。那么，它将平息战争，扑灭硝烟，造福于人类，让世界更加美丽！那真是百利而无一害！看来，我们还真要去探索和研究呢！

总是以常规作为标准，以经验作为衡量，我们就已经远离了创新，抛弃了发展。

埃尔魔火

尤 异

"青鸟"号客轮正沿着大连到塘沽的航线行进，突然阴霾满天，狂涛怒涌，一场暴风雨即将来临了。猛然间，不知是谁在甲板上喊了一声："哎呀，桅杆着火了！"

我随即奔上甲板，抬头一看，只见桅杆尖上拖着一条火舌，这不过是空中放电的一种现象，并不会酿成大祸。于是，我把这种现象的成因向惊慌失措的乘客作了讲解，正当乘客心底释然开始陆续离开甲板的时候，一个衣着整洁的中年男人冲到甲板上来，张仰双臂望着桅杆，发疯般地狂喊起来："看啊！埃尔魔火！"并且一个箭步跨上扶梯企图爬上桅杆。我赶紧跳过去拦住了他，想不到他却转过身来瞪起眼睛命令我："大副同志，请你把船开回去！我

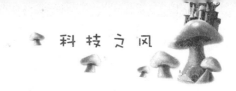

要下船！"

正当他纠缠不清的时候，一位身材窈窕的年轻女人走过来，拉住他的胳膊，柔声地说："志明，回舱去吧！"

那男人仿佛一下子清醒了，羞涩地朝我点点头，径直走了。就在这时，那女人抬起了头，四目相对，我顿时呆住了。

原来她就是李娟，在航务局当过护士。我在3年前结识了她，并且一见钟情。正当我准备向她表白爱情时，她却突然告诉我，她准备去外地结婚了！当时我看着她那种严肃认真的表情，终于意识到自己是误会了。

她平静地对我说："大副同志！他不是个有病的人，而是一位理智健全、头脑清晰的科学家！他一直在进行着大气电场能利用的研究，最近以来到了茶不思饭不想的程度。组织上为了照顾他，特地安排了这次休假。可是就在刚才，他看到了大气电场的放电现象，一下子启发了他的研究思路，非要马上返回实验室不可。他已经入了迷，请您原谅！"3个钟头以后船在塘沽靠岸了，我看到这对夫妇匆匆地离开了客轮……

5个月以后，我从非洲的好望角回来，船停在上海港。走出港口没有多远，忽然，一个女人的声音在我耳边响起："哎呀！大副同志，请你帮我一下忙吧！我的丈夫，他要乘气球上天到积雨云中去，亲自测量雷电的强度，我怕，我怕他不会像富兰克林那样太平。"我答应和她一起去劝劝他。走进她家门，她丈夫兴奋地对我说："您知道大气电场中有多少能量吗？经过实验证明，在这个电场中竟有50万库仑的电荷，与地壳之间具有30万伏的电压，这是任何发电厂都无法比拟的！这笔财富相当诱人，虽然大气电场中的电压很高，但是空气的导电却很小，产生的电流将非常弱，必须寻找一个高效的天线，才能将这微弱的电流接收下来，并加以利

用，这就需要亲自到大气层去探测。不过我们的气球有静电屏蔽装置，是很安全的，请放心吧。"接着，他告诉我说："4:00 有雷阵雨，哎，只有一个钟头了，我该出发了！"

下午四时，一阵狂风卷来了浓密的乌云，天低云暗。我赶紧穿上雨衣爬到客轮的口望台上。我看见远处有一只巨大的气球正从地面挣扎而起，渐渐地升到了一两千米的高空。我拿起望远镜，看到它被一条结实的缆绳系在地面上，它的吊篮是一只金属的密封舱，我知道李娟的丈夫此时就在这个舱内。

一阵响雷过后，闪电伴着雷鸣强劲地展现着它的威风。我竭力口望着那只气球，它已淹没在云层之中，可以想象出它正在经历一番空前的洗礼……

半年后，我从欧洲归来，当客轮驶进祖国的领海，扬声器里传来了广播电台播送的消息：今天晚上七时整，我国第一座、也是世界第一座大气电场电站将会在上海举行运行典礼。这座电站的总设计师是接收大气电流的巨型排空链锁式天线的发明者——张志明教授……

听到这条消息，我顿时兴奋起来，暗暗地叫道："哈！这个'疯子'终于搞成功了！"我真想立即就跑到李娟的身边，向他们祝贺！

没有异想，哪来天开/蓝 风

"异想天开"一词向来就像瘟疫一样受到传统思维的排斥。你看那些在科学领域有所建树，能在一定程度上推动社会与科学发展的人，在他们的科研还没有成功之前能有几个不被世人喻为"疯子"的？

请看本文作者笔下的张志明教授：当他看到空中放电的现象时，"冲到甲板上来，张仰双臂望着桅杆，发疯般地狂喊起来：'看啊！埃尔魔火！'并且一个箭步跨上扶梯企图爬上桅杆。"在船长——"我"的眼中看来，他根本就是一个疯子。但时间终究是一名公平的"裁判师"。经过一年左右的努力，张志明教授的研究终于获得了成功。不但发明出了接收大气电流的巨型排空链锁式天线，还担任了我国第一座，也是世界第一座大气电场电站的总设计师一职。

事实证明正是这些被我们视为疯子的科学先驱，他们突发的异想一次又一次地引领着我们科学的前进。这不就是先有异想才能得到了天开吗？

本篇虽然是一篇科幻作品，作者按时间顺序——讲述，在每一个细节单元中都能够反映出张志明教授对科学研究的执著。作者能够联系实际，发挥丰富的想象力，把科学和幻想结合起来，构成一篇反映社会实际问题的科技幻想文章。

作者写这篇文章是想告诉我们不要事事都以自己为中心。总是以常规作为标准，以经验作为衡量，我们就会远离了创新，抛弃了发展。人人都遵循守旧，连想都不敢去想还能拿什么去做呢？我们又怎么会获得自身的发展，怎么会有整个社会的发展呢？

第三次突破

尹 尹

　　植物保护研究所病虫害老专家赵明晚上突然失眠了。他在从事植物保护研究的道路上，已经有了两次重大突破。第一次是 30 年前他发明了"灭虫灵"，杀死了许多害虫，保全了大片庄稼。结果因发现"灭虫灵"对环境有污染而被停止使用。第二次是 10 年前，他发明了一种新的治虫方法，并培育出水稻螟虫的天敌黄眼蜂，再一次保护了大片大片的庄稼。但今年的水稻病虫特别猖獗，赵明培育出来的黄眼蜂已不能有效对付二化螟的危害了。为此，赵明焦急万分，决定到乡下观察点去摸摸情况。

　　赵明一到观察点，就和他的学生曹小波下田进行实际调查。这一老一少在通往试验田的小路上边走边聊。在赵明询问治虫的现状时，曹小波提出能不能尝试跳出生物治虫方法的框框。赵明平时很欣赏曹小波的丰富的想象力，现在听这么一说，感到他的想法不切实际，尽管他懂得搞科学需要幻想的热情，但他更赞成实干，很想提醒提醒曹小波，但为了不影响他的积极性，便向曹小波表示，待今年治虫工作结束后再研究他的设想。

　　收割季节快开始了，赵明结束了自己历时最长的一次实地考察，兴致勃勃地回到了研究所。正当他整天躲在房间里查阅各国治虫资料时，他那个学物理的女儿赵莉，为了赵明的健康，硬拉他去听音乐会。

赵明虽然身在音乐厅，可心却老想着治虫的事。忽然，他觉得有个什么东西在眼前晃动，便睁开微闭的双目，仔细一看，是一只蜘蛛正沿着它吐出的丝往上爬，突然又跌落下来，此时乐曲正好进入一个高潮。赵明对这种现象非常感兴趣，仔细观察了好久，终于发现蜘蛛从上面跌下来和音乐的节奏和音响的强度有关。每当鼓乐齐鸣时，无论蜘蛛爬得多高，都要掉下来。赵明感到这怪现象无法理解，问了问身边的女儿，才知道这是共振现象。原来蜘蛛体内有一个固定频率，每当乐声高亢的时候，乐章的频率和蜘蛛体内的固有频率完全相同，于是就发生共振，把蜘蛛震了下来。只是这个共振的强度还不大，否则蜘蛛就会被震成肉浆。

女儿的解释，使赵明忽然想起了曹小波曾向他提出过的非生物治虫的方法。于是，他未等音乐会结束，就立即回家给曹小波打电话，接着，便和他一起研究非生物治虫的事情。

不久，一台"次声灭虫器"诞生了，并在实地试验中取得了理想的效果。用次声共振治虫的消息通过电波传到了各个角落。新闻记者纷至沓来，赵明、曹小波、赵莉三个主要设计师的照片一登再登，连蜘蛛的启示也作为佳话在科学界广为流传。赵明在病虫害

防治方面作出第三次突破后,老当益壮,又在生物物理这个新领域里,和曹小波开始了下一个项目的研究。

见惯亦怪 /林 枫

大家都习惯了见惯不怪,熟透的苹果肯定会掉到地上了,这有什么好奇怪的?牛顿却发现了万有引力。很多常人的习惯思维束缚了人们的发现。

《第三次突破》这一篇文章中并没有太多曲折离奇的情节,作者叙述植物保护研究所病虫害老专家赵明在病虫害防治方面的三次突破。作者着重记叙他的第三次突破,通过"次声灭虫器"诞生的经过揭示了一个道理——只有善于观察,勤于思考才能发现生活中的科学现象。

赵明老专家能有第三次的突破全归功于他对事物的细致观察,在和女儿去听音乐会的时候,他心系虫害的事,根本对音乐没有兴趣。但他却发现了一个怪现象,在他面前有一个蜘蛛在晃动,每次音乐高亢的时候,蜘蛛就会在它吐的丝上掉下来。

蜘蛛的掉落在别人眼里一点不稀奇,却引起了赵明的注意,这就是他能有第三次突破的最大原因。从女儿的解释中,赵明得到了启示,共振能把蜘蛛震落,也就可以利用这一现象把庄稼害虫震死。在这一思想的引导下,赵明和他的学生曹小波一起研究出了"次声灭虫器"。作者就是从这一事件中巧妙地告知世人,不要什么事都见惯不怪,只有善于观察,勤于思考的人才能发现生活中的科学现象,见惯亦怪,方能有所作为!

所以我们也要学会细心观察,见惯亦怪。

由于爸爸操作失误，不小心造成机器人保姆程序混乱，使机器人保姆接到一些不正确的指令，于是，我们的麻烦更大了。

机器人保姆

王勇英

为了赶时髦，爸爸妈妈到机器人保姆公司去带回了一位机器人保姆。

机器人保姆刚进门就开始动手收拾房子，一下子就把我们家收拾得干干净净。果然是个好保姆。

妈妈对她说："你先坐下来休息一会吧。"机器人保姆说："我不累，我的电源非常充足。我要是不好好劳动，公司就会把我变成一堆废铁。"然后她接着说："好了，现在我要收拾你们了。"

什么？要收拾我们？爸爸以为机器人保姆要杀我们，拉起我和妈妈就想夺门逃命。机器人保姆拦住我们，疼爱地说："别跑。让我检查一下你们身上的卫生指数是否合格。"

经检验，机器人保姆说我们衣服的上粘有尘埃，卫生指数不达标；皮肤上的汗水多，盐分过重，为了我们的身体健康，强令我们都要洗澡。机器人保姆伸手就把160斤重的爸爸拎到大浴池里。我和妈妈只好乖乖地在浴室门外排队，等候洗澡。

直到我们洗完第八次澡以后，机器人保姆才微笑着说："祝贺你们，卫生指数达标了。"

但我们却笑不出来，因为我们都感冒了，正抽着鼻子找药吃。

爸爸制定了一套日常生活计划，输到机器人保姆的程序里去，以后就由它提醒我们在什么时间该做什么。我们以为有一个详细的日常生活计划表，机器人保姆会把我们每天的生活安排得有条不紊。但结果却是一团糟。

按计划，我们每天早上六点准时起床。爸爸只是迟了一分钟，机器人保姆就冲进去把爸爸拎起来，往屁股上打了两下，摇摇头说："你真不听话。"

六点到六点半是我们到园子里晨练的时间，但是今天下小雨，我们就不打算出去了。但是，机器人保姆说计划里没有说明下雨天可以休息，我们只好穿着睡衣开始晨练。爸爸妈妈披着雨衣打乒乓球，我打着伞像小疯子一样在园子里跑步。

六点半到七点十五分是洗澡、洗脸、刷牙的时间。我们家的洗手间不大，不能同时挤那么多人，只好一个一个来。爸爸又是最后一个。

七点十五分，机器人保姆准时把早点送到餐桌上来，可爸爸还正在刷牙。机器人保姆二话没说就走到洗手间去把他押到餐桌前吃早点。爸爸喝了一口牛奶就想溜，机器人保姆却按住他不让走，因为计划里规定吃早点的时间是从七点十五分到七点三十分，现在才七点十九分，不到时间。爸爸苦着脸坐在那里，他满嘴是牙膏泡，非常难受。

终于等到七点半，爸爸跳起来飞快地跑回洗手间去接着洗牙。妈妈赶紧回屋里去换衣服、化妆。我还没吃完一块蛋糕就被机器人保姆提到门外，把我的书包放到我的手上说："现在，你应该上学了。"

我说："我还没有吃饱,能不能让我带上那块蛋糕?边走边吃。"它摇头说："计划表里没有告诉我,你可以在上学的路上吃早点。"

机器人保姆回到客厅,把电视打开,对爸爸说："顾先生,现在是你收看全球环境新闻的时间。"爸爸正躲回房里,想穿上西服后再出来看新闻。可是机器人保姆冲进去,把还没穿上衣的爸爸提到电视机前,爸爸只好穿着西裤打着赤膊看新闻。

八点整。机器人保姆对爸爸妈妈说："现在是你们上班的时间。"爸爸说："我还没穿好衣服……"爸爸跑回屋里去,刚披上衬衣,机器人保姆就走进来:"八点是你上班的时间,而不是你穿衣服的时间。"说着就把他提出去。

妈妈还在对着镜子涂口红,机器人保姆把妈妈也提出来。妈妈说："我刚涂了一片嘴唇的口红,再给我十秒钟的时间就可以了。"机器人保姆说："不行,计划里没有告诉我可以这样做。"

机器人保姆去打开爸爸的车门,对爸爸妈妈说:"二十秒钟内你们必须开车离开这个院子。"爸爸妈妈哪敢不听,赶紧钻进车里去。爸爸开车出了院子,停在不远处穿衣服。妈妈就在车上补口红。

爸爸妈妈觉得机器人太死板了,得改改程序,要让它随机应变。

爸爸把机器人保姆的程序稍作修改。由于爸爸操作失误,不小心造成机器人保姆程序混乱,使机器人保姆接到一些不正确的指令,于是,我们的麻烦更大了。

半夜时分,机器人保姆却叫我们起床,应该是起床的时间却要我们睡觉。早上给我们准备了一桌丰盛的晚餐做早点,晚餐却只让我们喝牛奶,吃面包。

更让我们哭笑不得的是,机器人保姆把爸爸当成了我。爸爸下班回来的时候,它亲热地走上去把爸爸抱起来,叭地亲了一口,用天真的口吻说:"小宝贝,放学回来了。你给我唱首歌好吗?就是你经常唱的那首《我是好孩子》。"爸爸只好唱给她听。机器人保姆听完以后,摸摸爸爸的头说:"噢,宝贝。虽然不怎么好听,不过我不会出去对别人说的。如果,以后你能唱得再小声一点的话,我会非常高兴,那样我就不用担心别人误会我打你或骂你了。"

我和妈妈在一旁听着笑得几乎喘不过气来。

晚上八点钟,我刚想做作业。机器人保姆把我提到爸爸的书房,却把爸爸提到我的房间来,让他坐在我的小书桌上,亲昵地说:"你怎么可以去占你爸爸的书桌呢?这才是你的。乖,开始做作业吧。"

爸爸只好猫着腰在我的书桌上绘图,而我要站在椅子上才够得着爸爸的桌台做作业。

十点钟,机器人保姆把爸爸抱到我的小床上,对他说:"现在,是你睡觉的时间。"爸爸等它走出去以后,再爬起来画图。没想到机器保姆却再次走进来,它说:"你真不听话。睡不着吗?那我给你讲故事吧。"机器人保姆把爸爸抱在怀里,一边轻轻地摇着,一边给他讲白雪公主的童话故事。

爸爸终于受不了啦,给机器人保姆公司的经理打电话,让他来把机器人保姆带回去,我们家不要机器人保姆了。

第二天中午,我们全家都在等经理来接机器人保姆。没想到却等来了一个手持利刀的长发男人,他要我们把钱都拿出来给他。

机器人保姆从厨房里走出来,她微笑着对那个坏蛋说:"呀,你来了。"走上去一把抱起他,把他的刀抢去扔到一边,小声说:"刀不好玩,我带你去玩更好玩的。"

妈妈着急地说:"天呀,它把坏蛋当我们家里人了。"爸爸说:

"它的程序已经乱了。经理怎么还不来？"爸爸刚想打电话报警，机器人保姆却把电话抢去了。

机器人保姆把电话放到坏蛋手中，对他说："拨打110，对警察说你到这个家里来抢劫，现在已经被机器人保姆抓住了。"坏蛋乖乖地按机器人保姆说的去做。我们惊喜地看着机器人保姆，不敢相信这是真的。

两分钟后，警察来把这个坏蛋抓走了，他们握住机器人保姆的手，真诚地感谢机器人保姆，夸奖它是一个勇敢又机智的机器人。机器人保姆可高兴了，问我们："我真的很勇敢又机智吗？"

我们都扑上去抱住它，对它说："是的，你是机智勇敢的机器人。"

这时候，经理来了。爸爸告诉经理，我们要把这个机器人保姆买下来，让它永远成为我们家的一员。

赏析 可爱尽职的机器人保姆 /韩文亮

机器人保姆只会按照人类输入的指令办事，工作一板一眼的，很死板。"我"家制定了日常生活计划后，机器人保姆风雨无阻，强硬执行，搞得"我们"一家备受折磨。而程序乱了之后的机器人保姆，更是把爸爸当成"我"，做出一些让人哭笑不得的事。正当"我们"全家想把机器人保姆送走的时候，它勇敢地制服了打劫的强盗，也给了"我们"可以依赖的温暖，让"我们"全家都接受了它。

一直以为，机器人只是一个冷冰冰的科技成果，没有自己的感情，只会服从命令，按照电脑输入的程序行动，没想到文中的机器人，就像现实生活中的保姆一样，犹如一家人一起生活在同一屋檐下，给予"我们"小小烦恼的同时也给予了"我们"很细心的照顾,给家庭带来了温情。目前,机器人的研究也有了很大的发展,未来每个家庭拥有一个可爱尽职的机器人保姆,不会是太遥远的梦想。

这是一篇令人忍不住捧腹大笑的科幻故事。幽默活泼的语言,生动有趣的细节描写,使得一个可爱的机器人保姆形象跃然纸上。

> "我们只是国际刑警部队的战士!至于使用的什么技术嘛……"李磊少校风趣地说,"实在对不起!这是军事秘密,无可奉告!拜拜——"

人质大营救

许延风

在夜幕的掩护下,国际刑警部队迅速占领了帝国银行大厦的主楼。

今天下午,一伙蒙面歹徒袭击了大厦东配楼营业大厅,歹徒把营业员和部分顾客扣押在营业大厅作为人质,向银行董事长文森特索要一千万美元作为释放人质的赎金,如不满足这一要求,他们就要杀死全部人质。

大厦保安人员曾试图攻进大厅抢救人质,却被歹徒手中的枪射出的凶猛火力堵住了营业大厅所有的出入口。董事长文森特先生不得不向国际刑警部队分部求救。

执行任务的安德森中校率领着几名战士来到文森特先生的办公室，通过文森特办公室的监视器注视着营业大厅。安德森中校和战士们从监视器荧光屏上看到，五个歹徒用枪把人质们逼到一个角落，神情沮丧的人质一个个双手抱头蹲在地上，谁要回头看一眼，都会遭到歹徒的拳打脚踢！

特种部队的狙击手安德鲁中士神情激动地向中校请战："长官，让我一个一个地击毙他们！"

中校笑笑说："安德鲁中士，我很欣赏你的勇气，但我不会同意你这样蛮干，当你射杀第一个歹徒的时候，其他歹徒就会向人质下手！我们的任务是既要消灭歹徒，又要保证人质的安全！"

焦灼万分的文森特急得直搓手，他向中校建议说："能不能把泵压芬酞尼气体施放到大厅里……"

"看起来是个好主意，施放这种含有吗啡和海洛因的速效麻醉剂，顷刻间会让在场的人失去知觉，然后，我手下的人一拥而入……"中校用嘲弄的目光望着文森特。

"对呀！"文森特以为自己出了个好主意，高兴地说，"几十年前，俄罗斯特种部队曾用这种办法顺利地解决了一次人质危机呀！"

"芬酞尼服用过量，人体会因为缺氧造成意外死亡。"中校激动地说，"人质中有人死亡，即使把歹徒抓住，我也难逃脱新闻媒体的指责！出了这样的事故，您作为受害者是不会负法律责任的，而我作为指挥这次行动的指挥官的日子就不那么好过了！您知道吗？董事长先生！"

"那……怎么办呢？"文森特董事长没词儿了，又急得直搓手。

"只有起用机器狼蛛特种部队啦！"中校拨通了一个手机号码，果断地命令说："李磊少校，立即带领您的助手率狼蛛特种部队赶到帝国银行大厦,解救人质!"

十分钟后,主楼门口停下一辆军用吉普车,少校李磊和他的助手比尔各提着一个皮箱下了车,疾步走进被部队包围的主楼,两人向中校行了个军礼。

文森特董事长用不信任的目光上下打量着眼前这位小个子的中国军官:"他……他的部队呢?"

"他的'士兵'都在皮箱里!"安德森中校的话让文森特莫名其妙,他连忙解释说,"要不,怎么叫特种部队呢?"

李磊和助手比尔打开箱子,箱里整齐地排列着上百只像蜘蛛一样的小东西。那些小东西趴在皮箱里,一动也不动,从外表看,谁也不会相信这些没有生命的小东西是克敌制胜的法宝。

文森特董事长疑惑地摇了摇头:"就凭这些小东西能制服歹徒?那些歹徒可是武装到牙齿的亡命徒呀!"

为解除文森特的疑虑,李磊少校解释说:"狼蛛本是一种专门袭击毒杀小动物的蜘蛛,机器狼蛛是仿照狼蛛的身体结构制造的,它们把液态芬酞尼吞入肚中,需要时,它们会像狼蛛一样咬住敌人并把强力麻醉剂注入歹徒体内,敌人会立即休克倒地……对不起,时间紧迫,我没有时间向先生做更多的解释。"

"太棒啦!"文森特一击掌说,"万一机器狼蛛咬了人质怎么办?"

"我们在它的微电脑程序中输入了识别系统,它们只咬身带武器的歹徒。"李磊少校转身问安德森,"中校,是不是立即出击?"

"刻不容缓!"安德森中校指示说,"让它们分别从几个门同时潜入!"

文森特董事长不无担心地问:"那还不让歹徒发现了?"

"放心吧!它们身上都有隐身涂料,一开始行动,隐身涂料就发挥作用啦！"李磊和他的助手比尔按动遥控器上的按钮，两个皮箱的四壁敞开，成为一张摊开的皮革，机器狼蛛迅速向门外跑去，消失在门外……

这是一场静悄悄的战斗。十分钟后，办公室对讲机里传来歹徒头目的吼叫："文森特先生！你不要做出什么蠢事，我的弟兄可等得不耐烦啦！再不付赎金，我们就开始处决人质！"

这时，遥控器里传来了机器狼蛛潜伏到位的信号，这表明，狼蛛们已分别爬到歹徒们身体的要害部位。

李磊看了一眼安德森中校，中校坚决地点点头，李磊少校和助手比尔同时按动了按钮。

在场的每个人都屏住呼吸望着监测显示屏。突然，显示屏上出现了这样的情景：持枪歹徒们像得了软骨病一样颓然地倒了下去！

"Yeah！——成功啦！"李磊和比尔各自腾出一只手，相互一击掌。李磊对安德森说，请弟兄们立即出击，将他们擒拿，两个小时后，药效会失灵，歹徒们会醒来的。

"两小时后，歹徒会发现自己已经成为阶下囚啦！"安德森立即下达出击的命令："弟兄们，立即出击！要保护好人质！"

刑警部队的战士冲入帝国银行的营业大厅，给倒地的歹徒戴上手铐将，他们拖上警车，李磊少校和助手也随着部队冲了进去。

惶惶不安的人质你看看我，我看看你，怎么也不敢相信眼前发生的突变。有一位老者颤巍巍地说："上帝呀，究竟发生了什么事情？难道是神灵显圣啦？"

李磊和比尔按动遥控器，那些在奇袭歹徒的行动中获得成功的机器狼蛛们迅速收兵回"营"，有序地爬进了李磊和比尔提进来的皮革箱子，李磊听见老者的话，抬起头来对老先生，也是对所有的人质说："先生们，女士们，你们获救啦！"

营业大厅里立即沸腾了，人们欢呼雀跃，庆祝自己安全获救。

谁知，这时，一个蒙面的家伙突然出现在人们面前，他厉声吼道："你们高兴得太早啦！我身上有贴身炸弹！给我一辆吉普车！不然，我就引爆炸弹！"

原来，当机器狼蛛发动无声袭击时，这个家伙上卫生间去了，他逃脱了机器狼蛛对他的袭击！

就连安德森中校也没想到会出现这种意外，形势再次陡然紧张起来。再次启用机器狼蛛特种部队显然已经来不及了，因为李磊他们的机器狼蛛已经全部进入了皮箱，再次使用必定会引起歹徒的警觉。安德森中校悄悄地命令身后的狙击手安德鲁中士："现在，是你立功的时候了，击毙他！不许伤害人质！"

"放心！"神枪手安德鲁中士利用安德森中校魁梧的身躯作为掩护，悄悄端起了狙击自动步枪，中士手中枪的瞄准器锁定了那个嚣张的歹徒，"砰——"枪响了，那个歹徒的头部被击中，罪恶的躯体倒了下去。

营业大厅死一般的寂静，没有一个人说话。

"一场闹剧结束啦！"安德森中校掏出手绢，揩揩额头上沁出的冷汗，迈着坚实的步履，默默地走出了营业大厅。

当记者知道李磊和他的助手比尔是拯救人质的英雄时，纷纷涌到他们周围，并提出各种问题："请讲讲，你们俩是不是催眠大师？使用了什么法术？"

"我们只是国际刑警部队的战士！至于使用的什么技术嘛……"李磊少校风趣地说，"实在对不起！这是军事秘密，无可奉告！拜拜——"

李磊少校和助手加入了凯旋部队的行列……

赏析

用智慧战胜恶势力 /阿 奇

　　这是一场惊心动魄的人质营救行动，李磊少校的"特种部队"——机器狼蛛在营救中大显身手，让我们大开眼界。在这一场行动中我们也看到了智慧的力量，安德森中校、李磊少校等优秀刑警们时刻为人质安全着想的高尚情操，让我们也为之深深感动。

　　面对凶恶的罪犯，需要的不是安德鲁中士单纯的勇气，更不是董事长文森特不顾后果的施放麻醉剂行为。作为优秀的刑警，他们的任务不仅仅是打击罪犯，更重要的是保护人民的生命安全。所以，应该像安德森中校那样，在紧急情况下沉着镇定，充分运用智慧的力量，根据不同的情况采取不同的办法，这样不但能有效地保护人质的安全，还能干脆利落地战胜罪犯。真正的英雄不但要有除强扶弱的侠骨，更要有以保护人民为己任的柔情。

　　生活中，正是因为有着许许多多像安德森中校这样具有卓越智慧，又兼有爱民柔情的安全卫士，恶势力才得以遏制，社会才会稳定和谐，人民才能安居乐业。让我们一起向这些英雄致敬！

如果我也穿上了像文中那样的"光子衣"和"反压力服",我会怎么样呢?

"光子衣"和"反压力服"

樊福林

"哈!我成功了!"我欣喜若狂地叫起来,然后在日记本里写下:2160年7月1日15时53分16秒,我的"光子衣"终于研制成功了,这是一个伟大的日子……我高兴地拿起一瓶"提神饮料"咕噜咕噜喝了下去,要知道,我已经连续工作三天了。

穿上"光子衣"后,运动速度能接近光速,这是根据"光子模式"用微纳米技术制成的。为了证明"光子衣"的特殊效果,我迫不及待地把它穿在身上,然后准备去大街上转转。我抬头看了一下钟——15时55分10秒。咦?不对劲。我再凝神一看,还是第十秒。怪了,这可是最先进的夸克钟,每一亿年才会出现一秒钟的误差,但它现在却实实在在地不动了。难道时间停止了?有可能。著名的物理学家爱因斯坦不是说过速度一旦达到光速,时间便会静止吗?

我来到街上,意想不到的是,我的步行速度居然达到了每秒钟324米。哈,街上的景象真是个奇观——所有的悬浮太阳能车都静止在空中,道路上有的人刚迈出脚步,有的人正张开口交谈,表情各异。

这时候,你猜我碰见了谁?我的好朋友 T 博士。我向他打招呼,他竟不理睬我,一动也不动。哦!我忘了时间已经停止了。真该死,这"光子衣"也给我带来了不小的麻烦。没办法,我只好把它脱了下来。

"啊!F 博士,你怎么会在这里?我正要到你家去呢!"T 博士看见我大吃了一惊。接着,他一脸慌张地说:"出大乱子啦!我昨天发明的'反压力服'被人偷走了……"

我打断他:"什么'反压力服'?还是昨天发明的?"

"你知道的,地球上任何地方都存在压力,而我昨天制成了'反压力服',它可以让人摆脱压力的影响,但它一旦落入坏人手里,那可就麻烦了!"

这时,自动播音器响起来了:"各位市民请注意,今天未来银行被抢劫 50 亿元,奇怪的是,抢银行者破坏了十余辆警车,而他却在枪林弹雨中毫发未伤……"

T 博士吓得脸色煞白,颤抖着说:"这下……糟了!"忽然,他看见我手里拿着一件半透明的衣服,问道:"你拿着衣服干吗?F 博士,快帮我想想办法吧!"

"有了!"我高兴地说,"你知道吗?我手上拿的这件衣服可不是普通的衣服,是我今天才发明出来的'光子衣'。穿上它的人,运动速度能与光速一样快。今天我穿上它,只花了零点一秒就游遍了整个城市。或许我们可以用它来对付偷走你的'反压力服'的坏人。虽然我的发明比你的发明要晚,但我相信'光子衣'比'反压力服'要强。"

T 博士紧紧抓住我的手说:"不管怎么样,我也希望你的发明能战胜'反压力服',否则我会自责自己的失误的,但你要怎样使用它呢？你一个人能行吗？"

我想了想，说："那我再制造一件，我们两人一起来对付他！"

为了争取时间，我穿上"光子衣"干了起来。重组材料、复制……我觉得好像花了 10 天的工夫。可是当我拿着"光子衣"走出实验室时，T 博士惊讶地看着我说："我的天啊！才用了一分零九秒，真是神了。"我心里有些沾沾自喜。

"现在衣服也做好了，接下来该做什么呢？"T 博士问。

"先查查他在哪里，然后把他带到不受压力影响的地方，这样'反压力服'就没用了。我们脱下他的衣服，再把他交给警察。"

"可是哪里不受压力影响呢？真空！我们只要把他弄到地球外面去就可以了。"

"行，就这么办！"我拿出方位仪，上面显示偷衣贼正在光明区的光明银行。

赶到现场时，我们见到了触目惊心的画面：那个穿着"反压力服"的人正往大口袋里装钱，银行职员神情慌张地蹲在一旁。

"是他！米拉！T 博士，原来是你的助手干的好事！"

T 博士后悔不已："真该死，一个月前我把他赶走了，没想到他竟然会偷走我的发明，我早该想到是他！"

我们将飞船故意放在门口，然后我们藏在了储备舱里。做贼心虚的米拉一见里面没人立刻跳了上来，想要逃离现场。可是飞船在我们的控制下，迅速地朝天空飞去，并冲出了大气层。米拉在飞船里急得大声喊叫。

我们脱下了他的"反压力服"！他顿时像泄了气的皮球一样。我们把他带回地球，送到了警察局。M 局长高兴地说："两位博士，我以世界治安警察局局长的名义，嘉奖你们！"

回到研究所后，我对 T 博士说："我决定把'光子衣'捐给航天局，你呢？"他笑着说："那我就把'反压力服'送给最勇敢的警察吧！"

"哈哈哈……"

赏析

当我们也穿上"光子衣"
和"反压力服" /陈耀江

看完这篇文章，我禁不住想到：如果我也穿上了像文中那样的"光子衣"和"反压力服"，我会怎么样呢？我一定会利用它们的特点去帮助别人做好事。

"光子衣"和"反压力服"都是高科技产品，我们本应该利用它们来为人类做有益的事。就像故事中那样，"光子衣"可以帮助警察叔叔快速抓捕小偷，"反压力服"可以帮助科学家开展研究工作，可一旦它们落到坏人手里，坏蛋们就会利用它们来做坏事。

故事告诉我们：我们要用我们拥有的东西来为大家做好事，而不能用它们来做一些对大家有害的事。拥有同样的东西，有的人利用它做出了很多有益的事，而有的人却用它做了一些见不得人的事。第一种人他们的生命重于泰山，第二种人他们的生命轻于鸿毛。你会做哪一种人呢？

我们千万不能陷入浑浊的泥潭中，不能与蛇鼠同一窝，不能和坏人在一起。因为一旦加入他们的行列，你就很难逃离出来了。

戴隐形眼镜的小老鼠

两色风景

拉布是一只小老鼠。

和世界上所有老鼠一样，拉布住在阴暗的地洞里，与兄弟姐妹们一同过着偷鸡摸狗的传统生活。

这天早上，拉布从洞里探出头来，观察是否有白天作案的可能性。

这时，它看见这家的男孩子正在对着一面小镜子撑开眼皮，然后把一层透明的小东西放进眼里。

然后，他的目光就变得炯炯有神、楚楚动人了。

拉布挠挠头，它记得这个男孩子平时戴的是厚厚的眼镜，一旦摘掉就跟瞎了似的。

带着疑惑，拉布把这件事告诉了朋友们。

一只见多识广的老鼠前辈指点道："那是人类发明的一种东西，叫做隐形眼镜，直接戴在眼睛上就能看得很清楚。"

晚上，拉布再次从洞口偷偷关注那个戴着隐形眼镜的男孩子。

只见他像早上那样对着镜子睁大眼睛，轻巧地取出了那薄薄的小镜片，然后用一种药水反复冲洗，最后把隐形眼镜收在了一个小盒子里。

男孩子去睡觉了，拉布精神一振。它神不知鬼不觉地从洞里跑出来，偷偷溜到放隐形眼镜的桌子上，它打开小盒子，看到隐形眼镜软绵绵地浸泡在药水中。

俗话说"鼠目寸光"，这话是有科学根据的。老鼠天生就是高度近视，视力一个比一个差。拉布也不例外。自从它听说戴上隐形眼镜可以看得很清楚后，就一直想尝试看看那是什么感觉。

拉布把隐形眼镜从小盒子里取出来，捧在手上。它学着男孩子那样睁大眼睛，把隐形眼镜放了进去……

它疼得流出了眼泪，急忙把眼睛闭上。

对于第一次戴隐形眼镜的人而言，这都是一个高难度挑战，更何况拉布只是一只老鼠。

拉布脾气上来了，它不屈不挠地对着隐形眼镜发起一次次冲锋，经过了无数次的失败，它总算双眼红肿地成功了。拉布闭起眼睛，深呼吸，片刻后再睁开，隐形眼镜的度数恰好适合它。

拉布看到了前所未有的清晰世界。

拉布一边欣赏着这个全新的世界，一边慢慢走回洞穴。

刚进门，它就下意识地捂住了鼻子。它突然感觉这里的环境恶劣到了极点：空气浑浊，光线昏暗，肮脏杂乱。自己怎么会在这种地方住那么多年呢？

现在的拉布，看待事物的眼光已经跟过去完全不同。它的视线因为隐形眼镜而变得长远、清澈。

拉布一个个审视同类，感觉它们一个比一个猥琐，对它们一个个投以鄙视的目光。

拉布挥舞着双手发表演说："我以前也和你们一样目光短浅，只能看到眼前的一小块利益……但是现在我清醒了。朋友们，我们难道世世代代都要这样生活下去吗？一千年前做贼，一千年后还是做贼？不!我们要想办法改变自己的命运……"

大家参观了拉布一会儿，纷纷摇头离去，嘴里说着"这小子绝对疯了"、"别理它，我们今晚还有工作呢"、"不偷东西我们吃什么啊"、"可怜的孩子，阿门"之类的话。

没一只鼠把拉布当一回事。

拉布气得捶胸顿足，为朽木不可雕的同胞感到悲哀。

老鼠们倾巢出洞作案去了，拉布跟了出去。

一个食品柜没有关紧，老鼠们正准备对里面的食物下手。

"住手!窃取别人的劳动果实，只能得到暂时的满足! 明天我们又该怎么办？ 我们需要做的是放眼世界，展望未来……"拉布站在橱窗前像神父布道似的说着。

然而没一只鼠听它的，还是我行我素的窃取着。

气急败坏的拉布直接把一个盘子推到了地上。破碎的声响在室内回荡，老鼠们一片恐慌。被惊醒的屋主闻声起床看个究竟。

老鼠们马上作鸟兽散。拉布得意不已。

屋主打开了电灯。看到了满地的狼藉以及站在桌子上的拉布。

拉布也看见了屋主，清晰的，具体的。现在的它，习惯用发展的眼光看事物，因此它清楚，与人类的友好相处是世界大同的第一步。

"你好，我叫拉布，虽然我们是初次见面，可是其实我已经认识你很久了……"拉布热情如火地对屋主表白。

结果对方根本没听它的，一棍子就敲了下来，要不是拉布跑得快，肯定小命不保。

"革命尚未成功，同志仍需努力。"拉布边跑边自我鼓励。

拉布回到洞穴，只看见一群同胞"鼠视耽耽"地盯着它。

"也许你们现在心情不好，可是如果你们能透过现象看到这件事的本质……"拉布刚说了两句，同胞们已经一拥而上，把它痛打了一顿，然后赶出了洞穴。在大家眼里，这家伙是老鼠家族的耻辱。

拉布伤痕累累，无家可归。

皎洁的月光，照亮拉布漫长的前途。

赏析　拉布的"革命"/陈耀江

刚看这篇文章时，觉得小老鼠拉布是有点傻得可爱，但慢慢品尝，发觉它还是有很多"闪光点"的，比如说，它不屈不挠地向隐形眼镜发起冲锋，直至戴上为止，这说明它能坚持，有勇于战胜困难的优点；比如说，当戴上隐形眼镜后，它的"目光"变得长远和清澈，它开始想办法说服"同伴们"，改变自己的命运……又比如说，当拉布遭到屋主与同伴的追赶和排斥后，仍然能自我鼓励，乐观向前，这是十分难能可贵的。

这些都是拉布的"革命"，为什么拉布想变好、想"革命"都那么困难呢？因为它是一只人人喊打的老鼠。所以，我们千万不能陷入浑浊的泥潭中，不能与蛇鼠同一窝，不能和坏人在一起。因为一旦加入他们的行列，你就很难逃离出来了。但拉布是一位"英雄"，即使在困难的环境中，它也不怕困难，也敢于冲破困境，要为追求光明的"前途"而"奋斗"，它的自信、它的坚持、它的勇敢是值得我们人类学习的。

"其实，人类真正的威胁也许不是洪水、火蚁之类的自然灾害，而是人类自己……"

火 蚁 之 战

王小民

一年前，生物研究所的莱德与他的合作者林宇终于闹翻了，他们在一项计划的实施问题上产生了激烈的矛盾。莱德号称要收购一个土地肥沃、林木茂盛的农场，在那里建起庞大的生物实验室，但是林宇表示反对，他认为这个计划不仅占用良田、耗费资金，而且一旦发生意外，还会给那里的环境带来巨大的危害。

莱德却不以为然："我是从来不让自己失望的。"

当然，资金的确是个问题。不过莱德早就想出了一个绝妙的办法——也许用不着花多少钱，他就可以轻而易举地把农场弄到手，关键是等待时机。

机会总算来了。由于气候变暖，冰川融化，整个地球总是洪水泛滥，灾害频繁。这一年的夏天，一场暴雨引发的洪水冲破了河流的堤坝，咆哮着奔向那个农场。凶猛的洪水淹没了农田，摧毁了房舍，还把许多树木连根拔起……

莱德从广播中听到这个消息后，高兴得心花怒放。他想，只要略施小计,那个农场也许就属于他了。

　　整整三天过去了,洪水依然没有消退的迹象。面对浸泡在水里的庄稼、倒塌的房屋和被席卷而去的家具器物,农场的人们都一筹莫展。不仅如此,人们还惊奇地发现,有无数像篮球一样大小的物体随着洪流翻滚而来,它们一旦碰上没有倒下的树木,或是水面上漂浮的物体,就会迅速攀附上去。

　　与此同时,一种奇怪的疾病开始迅速蔓延,使得紧急医疗救护站挤满了等待治疗的病人。所有的患者几乎都是同样的症状,最初被一种飞虫叮咬,很快身上就长出了奇痒的水泡,由于抓破的水泡很容易感染,导致那些体质较弱的老人和儿童甚至发生昏迷或休克。

　　奇怪的病毒也侵袭了没有被洪水冲走的牲畜。人们眼睁睁地看着那些小狗、小鹅和小牛等动物在烦躁不安中痛苦地死去……

　　林宇也参加了紧急救护行动。经过仔细化验,他确认人们感染的是一种昆虫的毒素,而制造毒素的正是火蚁。

　　"火蚁是蚂蚁家族的一种,不过它们给人类带来的却是种种灾害。"林宇向人们解释说,"火蚁用黏土铸造巨大的巢穴,往往硬如顽石,经常损坏在田地里工作的农机;它们还成群结队地摧毁庄稼,袭击牲畜和人类;它们的武器是带倒刺的尖嘴和针状的尾巴。有资料显示,一些儿童和小动物就是被它们叮咬后,因为对毒液过敏而死亡的。火蚁还有一种特殊的求生办法,就是使各自的群落重重叠叠地聚成一个球体,而其中的每一只火蚁照样能够自如地呼吸……"

　　想到那些随着洪水滚动而来的大球,人们恍然大悟。

　　"我们该怎么对付它们呢?"有人提出疑问。

　　"人类曾经使用过上百种化学药物,却始终没能将它们消灭。"

林宇感慨地说，"何况这一次的火蚁是从实验室放出来的——它们的抗药能力也许更强。"

"你怎么知道？"

"我曾经参加了对火蚁基因的研究和改造实验，只是中途退出了。"

"这么说，就算洪水退下去，我们也不得不放弃这个农场？"

"如果不彻底制伏火蚁，结果恐怕是那样的。"林宇说，"不过我们正在想办法……"

一个星期以后，洪水退却了。莱德急不可耐地乘坐一架直升机来到农场的上空巡视。他得意地看到，成千上万的火蚁如同一团团云雾在空中飞来荡去，而地面上，密密麻麻的火蚁群落则像一块块阴影在缓缓移动。

他暗暗想：用不了多久，这里的树木就会枯萎，本来还可以生长的庄稼将颗粒无收，除了火蚁，别的动物都难以生存。到那时，还会有谁跟他争夺这片土地呢？

先前，他用同样的办法廉价收购了许多土地，这一次，他自信还会成功的。有朝一日，他要把所有这些土地都高价售出，从而大大地赚上一笔钱。他觉得，搞生物研究真是太累了，远不如做地皮买卖挣钱容易。

就在他沾沾自喜的时候，驾驶员忽然发出了警告："情况有点儿不妙——发动机温度过高，好像是排气管被什么东西阻塞了。"

"能是什么呢？"

"也许是空中飞着的一群群昆虫。"

"那……怎么办？"莱德紧张地问。

"只有迅速降落了。"

直升机在一块空地上降落下来。莱德匆忙跨出机舱时，看到不远处站着一群人，其中还有林宇。他故作镇定地走过去，笑眯眯地说："真没想到你也在这里。"

"怎么，莱德先生，你是来占领这个农场的？"林宇说，"可惜这次，你一定会失望的。"

"不，我从没有输过。"莱德摇头说。

"好吧，你看看地面上那些冲锋陷阵的战士，你就会明白的。"

莱德低头环视一番，只见密密麻麻的蚁群滚成一团，张牙舞爪，仿佛在进行一场短兵相接的战争。地面上，到处都可以见到火蚁的头颅、触角、躯干和大腿。

"这里只是一个战场，在别的地方，情况也是如此激烈。"林宇又指指空中，"在那里，蚁王的战争也在进行呢。"

莱德惊愕地睁大眼睛："它们怎么会……自相残杀？"

"这难道不是消灭火蚁的有效办法吗？一年来，我从未停止对火蚁的研究，并终于破译了火蚁用来传递信息的密码。然后我在蚁王和蚁后体内的化学物质中注入了某种干扰素，这样就诱使火蚁群落之间传递错误的信息而彼此宣战了——胜利者总是我所培养的战士。"林宇露出自豪的神色，"我还要继续研究，最终使火蚁像别的蚂蚁一样，成为对人类和自然界有益的昆虫。"

莱德抬头看看林宇，脸上忽然堆起笑容，"这么说，咱们还应该继续合作。"

林宇摇摇头："我不会再跟一个贪婪的人合作了。"

莱德顿时大失所望，愤愤地瞥了林宇一眼："哼，谁是最后的胜利者，现在还不能确定呢。"说后，他转身朝直升机走去。

夏季还没有结束的时候，农场又恢复了生机勃勃的景象。人们在被洪水冲刷的田野上栽种了多种速生植物，建起了新的房舍，并设立了对付各种害虫的生物研究所。

林宇被聘请担任了研究所主任。他依然记得莱德曾经说过的话，所以经常提醒人们："其实，人类真正的威胁也许不是洪水、火蚁之类的自然灾害，而是人类自己……"

赏析

人们应互相友爱/黄 棋

这篇文章说的不仅仅是人与火蚁之间的战争，其实还是"莱德"与"林宇"之间的竞争，为什么在当时形势对"林宇"那么不利的情况下，最后的胜利者还是"林宇"，而不是"莱德"呢？那是因为"林宇"拥有一颗善良的心，而"莱德"心里面想的只是怎么样在"洪水"与"火蚁"中获得自己的利益，根本没有为别人考虑。

虽然这只是一个故事，却告诉了我们应拥有一颗善良、友爱的心。不懂得爱别人的人是孤独的，因为他对别人不会付出自己的爱，自然不会获得别人的爱，更不会获得别人的尊重。一个人只有把别人的利益当成自己的利益一样去守护，把其他人的困难当成自己的困难一样去解决，才会赢得大家的爱戴。友爱地对待我们身边的每一个人，多帮助他们，赠人玫瑰，手留余香，就好像一首歌词中写到的："只要人人都献出一点爱，世界将变成美好的人间。"

> 一百年后,蓝月亮再次现身之时,如果地球仍是现在这样满目疮痍的话,你们将全部灭亡,无一幸存。

蓝月亮的故事

王 以

"2700 年 10 月 1 日!"这行冰冷的字映入了我的眼帘。

虽然我身处地下一千米,但地球表面那些粒子炮、激光枪所造成的轰轰声仍不断地撞击着我的耳膜。我记不清这是第几十次世界大战了,也记不清人们是从何开始自相残杀的,我只知道,大气层已经乌烟瘴气了,地球表面已无法居住。出现在那儿的人都必须穿着连细菌都进入不了的防毒服。

"10 月 1 日 23 点!"

现在地球表面应该是黑夜了吧。要是在 700 年前,人类一定会摆上水果、月饼、瓜子等食品来赏月。而现在,人们是再也无法欣赏到月光了。早在五百年前,由于 A 国发射的 10 枚超级能量弹偏离了方向,导致月球从此在地球上空消失了——超级能量弹将月球炸得"片甲不留"。

虽然已近午夜,但战争的硝烟并无散去之意:A 国搬出了粒子炮,B 国拿出了离子导弹,人们幻想赢得战争、统治地球、征服宇宙。

"轰"的一声，一枚能量弹在 A 国防御工事前炸开了，A 国首领一看，竟是 B 国在偷袭自己。"来呀！把毁灭弹给我搬出来！"A 国首领一声令下，十枚毁灭弹发射出去了。不巧的是，这十枚毁灭弹偏离了方向，朝五百年前月球所在的位置飞去。"砰"的一声，毁灭弹好像撞击在什么物体上，爆炸了。与此同时，一道耀眼的蓝光划破天际，出现在地球上空。

"是月亮！一个蓝色月亮！"真的，多年未见的"月亮"又出现了，伴着月亮出现的还有一个巨大的屏幕，屏幕上有这样一段文字：

地球人，你们的道德沦丧和核战争给地球乃至整个宇宙造成了巨大的伤害。不过，念在你们过去对宇宙有功的分上，给你们一百年的时间让你们改过。一百年后，蓝月亮再次现身之时，如果地球仍是现在这样满目疮痍的话，你们将全部灭亡，无一幸存（尽管我们知道你们早已发明了"不老丸"）。

——宇宙大联盟

不一会儿，屏幕和月亮便渐渐地隐去了。

一百年后，也就是 2800 年 10 月 1 日 23 点，蓝月亮又出现了，此时地球已变成了一个鸟语花香、绿树成荫的生态星球了，大气层也早已恢复正常。

地球上空又出现了一个蓝色的月亮，旁边的巨大屏幕上写着一段文字：

地球人，我们感到很欣慰，因为我们又看到了七百年前的地球。地球人，记住，保护环境就是保护你们自己！另外,我们决定送你们一个蓝月亮,这个月亮将有利于你们的生存。

——宇宙大联盟

果真,这次隐去的只有文字,而蓝月亮却留下了。从此以后,人们便在红太阳和蓝月亮的陪伴下工作、生活、种树、栽花。

战争与和平 /江伟栋

21 世纪初,以色列和巴勒斯坦之间不断发生流血冲突事件,伊拉克的上空硝烟滚滚,很多国家都在紧张地进行反恐战争……如果这一切在数百年之后仍然持续发生,我们的地球将会面临什么样的困境呢?为什么天空中会出现蓝月亮,它的到来给我们人类带来了什么警示?

《蓝月亮的故事》不仅给我们描绘了一幅几百年后的地球的图景,更为我们讲述了一个战争与和平的故事。战争不仅使得地球"乌烟瘴气"、"满目疮痍",人类更妄想通过战争来"统治地球、征服宇宙"!然而,俗语有云:多行不义必自毙。人类的恶行终于受到"宇宙联盟"的警告,蓝月亮的出现,第一次是为了警告人类的行为,第二次则是保护人类及地球,其目的都是为了唤起人们对战争的反思和对环境保护的重视。在现实生活中,第一、二次世界大战已经给人类留下了难以忘怀的伤痛,历史的教训告诉我们:战争有悖于人类共同的利益,而和平才是全人类共同追求的梦想。

但愿我们人类可以和平共处、相互合作,把用于军事竞争的人力、财力、物力都用到全世界的环境保护和全人类的福利事业上,那么我们历代人梦寐以求的"地球村"也许在不久的将来很快就会实现，人们在红太阳和蓝月亮的陪伴下工作、生活、种树、栽花的美好愿望也将会成为现实。

它是一辆变形汽车，可以说，它集中了这个世界上所有汽车的优点。

我家的汽车会变形

谢 鑫

　　莫克的爸爸老莫克是个汽车迷，大街上只要是四个轮子的东西都别想逃出他的眼睛，凯迪拉克、宝马、奔驰、法拉利、雷诺、吉普、悍马、雪铁龙，他都如数家珍。

　　大家都叫老莫克"超级汽车粉丝"。为了结束老莫克上街就盯着车，自己却闯红灯的危险历史，莫克妈妈决定拿出家里的积蓄，支持老莫克买车。

　　"哇！我家要买车啦！"老莫克和莫克拉着手跳起来，那表情跟妈妈买了打折的漂亮衣服差不多。

　　于是老莫克没事就跑汽车城、4S 店，听销售员介绍，听专家讲解，听车友调侃，因为他只能买一辆车啊，所以必须慎重选择，万一选得不好就亏大了。但是汽车也像人一样，没有十全十美的，有优点必然有缺点，老莫克这辆看看，那辆坐坐，总是摇摇头最终放弃。

"哪里才能买到一辆最完美的车呢？"老莫克坐在汽车城外面的长椅里自言自语，"当然，价钱还不能太高，我可是工薪阶层。"

"先生，如果你不介意，我倒是有辆车可以转让给你。"坐在旁边的一个老头说。

"什么车？"老莫克看他。

"它是这个世界上最完美的汽车。"老人笑着说，"它是一辆变形汽车，可以说，它集中了这个世界上所有汽车的优点。我老了，开不动车了，所以决定卖出去。"

"真的？变形汽车？"老莫克跳起来，他想起了儿子喜欢玩的变形金刚，"是玩具？"

"不不，是真正的汽车，可以随意变成任何汽车的模样，有了这辆车，你等于拥有了全世界的汽车。"老人自豪地说，"是我自己制造的。你不想看看吗？"

老莫克跟着老人坐出租车驶出城区，在一所城郊别墅的地下室里见到了那辆奇怪的车。它通体银色，不具备普通汽车的外形，看上去更像一顶银色的棒球帽，连车轮都没看见。

"这是汽车吗？"老莫克有点失望。

"当然是汽车。它是用最先进的纳米材料制造的，装备了最先进的纳米计算机，你想驾驶什么车它就变成什么车。"老人带老莫克坐进车里，打开电源，操纵台就像从飞船上拆下来的，特牛。

老莫克看呆了。

"变形车用语言控制，能听懂全世界五十多种语言，包括方言。你放心好了。"

"我想它变成一辆法拉利赛车。"老莫克刚说完，"棒球帽"像融化的冰那样改变了外形，十几秒后它被一辆火红的法拉利赛车取代。

"我想要 SUV。"法拉利变成了运动型多功能车。

"MPV!""林肯!""大奔!"……几分钟内，老莫克换了几十种车，而他连屁股都没挪一下。

"太棒了!我买了。"老莫克一挥手，兴奋得脸颊通红，"这才是我心目中最完美的汽车。"

老莫克神气地开着变形车奔驰在回家的大路上，流线车身，合金轮毂，周身透着活力。老莫克做梦都没想到自己会拥有这样名贵的汽车，而他仅仅支付了一辆 QQ 车的价钱。

"叭叭……"前面一辆货车堵塞了车道，老莫克怎么鸣笛、闪灯，它都置之不理，老莫克强行超车，货车居然摆动"屁股"挡住去路。

"混蛋!"老莫克生气了，他不知说了一句什么，奔驰立即变成了警车。老莫克拉响警笛，"呜哇、呜哇"，那货车吓得差点从车道上滚下去。警车潇洒地超越货车，一路畅通无阻。前面是收费站了，老莫克坏坏地笑了笑，警车不见了，一辆黑色的政府公务车快速驶来，收费站立即放行，谁也不敢要钱。

回到家，莫克和妈妈围着变形车看了又看，听老莫克讲述自己的神奇故事，死活不相信。"走，我带你们兜风去。"老莫克现在牛极了。

莫克和妈妈坐进加长林肯车里，享受了一回美国总统的待遇。"车里好宽敞呀!还有沙发床和卫生间呢!"妈妈难以置信这是自家的轿车。

"还有游戏机和小冰箱呢!"莫克喝着冰镇饮料，对着等离子电视机玩游戏。

"小意思。你们想坐什么车，只要是四个轮子的，我都能变出来。"老莫克现在觉得自己是世界上最幸福的丈夫和爸爸了。

"我要坐装甲车!带火箭炮的。"莫克扔下游戏手柄，两眼放光，

"爸爸,好爸爸,你快变啊。"

"装甲车?"妈妈担心老百姓开军车会把警察招来。

"没问题!"老莫克爱子心切,就算警察来了也抓不住他,变形车摇身一变,在警察眼皮底下溜掉也没人知道。

威风凛凛的装甲车出现在热闹的马路上,引起一阵骚乱。许多小汽车远远地躲开他们,不知道这个世界是不是又不和平了。莫克戴着坦克帽,打开舱门,高兴地看着外面,他还跟那些司机叔叔招手呢。

果然没多久,几辆警车追了上来。老莫克赶紧利用旁边高大的工程车的掩护,变成了一辆出租车,混在众多出租车里溜掉了。警察们把整个马路都搜遍了也没看见什么装甲车,只好回去把那个报假警的热心群众训斥了一顿。

那以后,莫克一家过上了幸福的生活,每当有新款车下线了,他们总能在销售商还没拿到车之前就开着它满街乱跑了,惹得销售商大骂对手不正当竞争,居然克隆还没标价格的新车!

这天,莫克坐爸爸的车去学校,在一个路口看见好多同学站在那里。"怎么啦?"莫克问他们。"今天校车坏了,我们上课要迟到了。"有个男孩说。

莫克看了看爸爸,"呵呵,爸爸今天就当一回校车司机吧。"老莫克驾驶变形车躲到他们看不见的地方,变成了校车,载着这群孩子向学校奔去。

"校车这么快就修好了?"同学们叽叽喳喳很是高兴。

忽然,老莫克发现前面横停着一辆破面包车,他紧急刹车,停了下来。"怎么回事?"老莫克还没明白过来,就被一把匕首抵住了脖子。

"打劫!少废话。"几个黑头罩蒙面大汉跳上车,目光在车里搜

索。"听说那个千万富翁的儿子在这辆校车里,弟兄们仔细找找。"为首的大汉说,"绑架了他,我们就发财了。"

孩子们吓得哆哆嗦嗦的,谁也不敢说话,有几个女生还吓哭了。

"我就是那个富翁的儿子。"莫克忽然挺身而出大声说。

"不是你!"有个歹徒拿着照片对照他说。"是他。"另一个歹徒把一个胖小子拽了出来,那孩子吓得哇哇大哭。

"都带走!"为首的大汉真假难辨,只好命令手下把两个男孩都抓走。

"混蛋!不许抓我儿子!"老莫克发火了,扑上去跟歹徒们拼命,结果被他们臭揍一顿,眼睁睁看着两个孩子被抓进面包车里跑远了。

"孩子们,你们坐好,叔叔要抓坏蛋了!"老莫克擦了一把嘴角的血迹,命令变形车变成巨型工程车,孩子们惊奇地发现"校车"变高了,比路边的树还高,轮子变得比小汽车还大。

"呜——"老莫克鸣汽笛,还没从视线里消失的面包车被声浪震得失去控制,侧翻在路边。歹徒和两个男孩都受伤了。工程车驶过去,前半部变成救护车,载着两个受伤的孩子,后半部变成囚车,将歹徒们关在里面。

"耶!好棒!"其他孩子下车站在路边鼓掌,他们兴奋得忘记了上学。

伤口经过清理和包扎，莫克和胖墩都没事了。坏蛋们也包着脑袋，打着石膏，七歪八扭地被警察带走了。千万富翁闻讯赶到医院，激动地握着老莫克的手："太感谢你了，先生。胖胖是我唯一的儿子，你救了他就是救了我。我要好好地感谢你，你说吧，想要什么？"

"没什么，我还救了莫克。"老莫克谦虚地说，"因为我也是一个爸爸。"

赏析

有趣的汽车变形记 /许妍敏

这是一篇有趣的小说，题材生动，语言活泼，条理清晰，文字逻辑性强，让人读后心领神会，轻声浅笑，在无形中受到感染。

文章开篇描写了一个"汽车迷"的生动形象，为后文汽车变形打下伏笔：对各类车如数家珍，想变就变。买车的过程也描写得十分有趣，老莫克把"变形汽车"与"变形金刚"联系起来，让读者也对这款变形车的功能有了了解。外形像棒球帽，没有轮子的纳米车出现后，让人吃惊，而这部车子能听懂全世界包括方言在内的五十多种语言更让人惊叹，最牛的是车子的变形功能，让老莫克过足了开跑车、驾警车的瘾。

当读者也和老莫克一样感受到变形车带来的幸福与快乐时，令人料想不到的事情发生了。作者以独特的手法把幸福的故事过度到惊险的解救故事中。而变形车也在这个故事中发挥了保障人们幸福的作用，变成校车服务于学生，变成巨型工程车追歹徒，变成救护车保护受伤的孩子，变形车在不断的变形中升华了自身的价值。

久居大城市的人，谁也不能长时间地忍受新鲜空气。

要人命的新鲜空气

刘　嫄

烟雾曾经是 A 市的大景观，如今，从 B 国的 C 省至 D 城，全国各地，随处可见。人们对污染了的空气越来越习以为常了，以至于要让他们呼吸别的空气反而十分困难了。

最近，成功商人张玄正在做巡回演讲，其中的一站是 X 州的 Y 地，这个地方的海拔在 4000 米以上。

一下飞机，张玄就闻到了一种奇怪的味道。

"那是什么味儿？"张玄问来机场接他的人。

"我没闻到什么味儿啊!"那人答道。

"这儿肯定有股我不熟悉的味道。"张玄说。

"哦，您说的一定是新鲜空气。很多以前从未闻到过新鲜空气的人都奔到这儿来。"

"它能干吗用呢？"张玄狐疑地问。

"不干吗。您只管像呼吸其他空气一样呼吸它好了。据说它对肺有好处。"

"这种说法我倒听说过，"张玄说，"我的眼睛怎么不流泪了呢？"

"新鲜空气不会使您的眼睛流泪。这正是它的优点，省掉了您不少的面巾纸。"

张玄环顾四周，一切都显得澄明清澈。这真是种怪异的感觉，让他觉得很不舒服。

接待张玄的人觉察到了这点，他尽力让张玄安心："请不要担心，实验证明您可以一天到晚地呼吸新鲜空气，而不会对身体造成任何伤害。"

"你这么说无非是不想让我离开罢了。"张玄说，"久居大城市的人，谁也不能长时间地忍受新鲜空气。城市人可受不了这种环境。"

"唉，要是新鲜空气让您烦恼的话，您何不用手帕来捂住鼻子，用嘴来呼吸呢？"

"好吧，我来试试。如果早知道我要到一个只有新鲜空气的地方的话，我就会带一个口罩来了。"

他们默默无语地开着车。过了一刻钟左右，那人问张玄："您现在感觉如何？"

"我觉得还行，不过我倒是很想打个喷嚏。"

"我们这儿的人不常打喷嚏，你们那儿的人常打喷嚏吗？"

"每时每刻都在打，有些日子里我整天都在打喷嚏。"

"你们很喜欢打喷嚏吗？"

"倒也不尽然，不过人要是不打喷嚏就会死。我问你，你们这儿怎么会没有空气污染呢？"

"Y 地似乎对工业不具有吸引力。我想我们确实落后于时代了。只有当印第安人互相发送信号时我们才能见到一点烟雾，但是一有风就把它吹散了。"

新鲜空气搞得张玄头晕眼花："这附近有没有柴油发动机的公共汽车，好让我进去呼吸上一两个小时？"

"这个时间没有，我或许可以给您找辆卡车。"

张玄好不容易找到了一位卡车司机,塞给他一张钞票,然后把头靠近卡车的排气管,吸上了半个钟头。张玄立刻恢复了元气,勉强能够发表演讲了。

要离开 Y 地了,没有人比张玄更高兴。张玄的下一站是 A 市。一下飞机,他就深深地吸了一大口充满烟雾的空气。于是,他的双眼开始淌泪,开始打喷嚏,张玄觉得自己像个全新的人了。

赏析 环保意识的反写倡言 /许妍敏

空气污染是工业发展带来的最严重的负面影响之一。在现代化的都市里,对于人们来说,要吸一口新鲜空气,观看一下晴朗的天空,只能是一个难以实现的愿望。空气越来越污浊,烟雾笼罩着整个天空,整个城市沉浸在灰色里。

受到污染的空气让人流眼泪、打喷嚏,更多人呼吸系统会出现毛病,如咳嗽、呼吸困难等。空气中的悬浮粒子通过空气进入肺部,吸入过多还会导致病变。而来源于汽车废气的一氧化碳,过量吸入可以致命……被污染的空气是不利于人类的健康的。

作者在这篇文章中,却通过反面写法,把新鲜空气写成了"要人命"。文中的城市人张玄甚至要呼吸汽车废气才能有元气,在烟雾缭绕的城市中流泪、打喷嚏才让他感觉到自己是个全新的人。这种与实际情况相反的想象,使读者产生了强烈的震撼和影响,让人对"久居大城市的人,谁也不能长时间地忍受新鲜空气"这种未来更加担忧。

文章倡导环境保护的主题也不言而喻地显示出来,让人印象深刻。

他站起身来，准备把这小虫驱逐"出境"时，却十分意外地发现那小虫是只微型飞碟。

撤走了的微型外星人

李维明

W博士是极偶然地发现有人对他进行窥视的。那天他做完了一项实验后稍事休息一会儿。W博士坐在椅子上闭目养神，就在他睁开眼睛时，发现一个小小的飞虫从窗外飞进屋里。开始他倒并未在意，一个小虫实在是不值得大惊小怪的，所以他再次闭上了眼睛。博士为手头上正在进行的实验投入了大量的时间和精力，他确实太累了。他真的很需要休息。

W博士第二次睁开眼睛时，他再次发现那只小虫在他头上盘旋。那小虫发出极轻微的嗡嗡声。这声音让他感到很讨厌。他站起身来，准备把这小虫驱逐"出境"时，却十分意外地发现那小虫是只微型飞碟。

W博士在一愣之后，很快若无其事地坐了下来。W博士再次闭上了眼睛，他的大脑却高速地运转了起来。这飞碟的驾驶者是何许人也？他们目的是什么？难道是想窃取我正在研究的技术？这连续几个问号使得W博士紧张了。

W博士不愧是W博士，他想了想就又开始工作了，但他这是用来迷惑对方的。他的手不停地在工作着，他的眼睛却是不时在注意观察着。后来，他发现那只飞碟飞到了他的仪器橱顶上去了。半天也未见那上面有什么动静。

博士不动声色地打了个大哈欠，自言自语道："我该吃饭了。"说完就踱步走了出去。

一个小时后，博士返回实验室了。不过这时的他已经成了个会飞的微型人（他穿上了带有飞行器的飞行服去缩微器里对自己进行了缩微处理）。W博士悄悄地飞到了橱顶上空，拿出望远镜观察，好家伙，飞碟正停在那里，一顶很小的帐篷坐落在旁边。有几个长得奇形怪状的外星人正在那里安装调试一部机器，还有些外星人正在小帐篷里不知忙活着什么。

W博士非常惊奇，需知人类寻找外星人多年也未能见到这些神秘的智慧生物的真身，想不到人家竟然到自己家里安营扎寨了。W博士不想暴露目标，他悄悄地飞了出去。

也就过了几分钟时间，W博士又回到了实验室里，他就像什么也没发生过一样开始工作。其实这是个W博士的机器人替身，他家里有好几个和他一模一样的机器人。平时机器人的能源开关是关着的，需要用时，只要接通能源，就可以按照博士的指令进行各种工作了，比如接待来访者，参加个什么会议。这样就可以对付没完没了的应酬，作为一个名人，这样的应酬曾经占用了W博士大量宝贵的时间。

缩微的W博士的真身带领着另两位机器人，悄悄飞到了屋顶上方，他们在那里也装了一部监视器。W博士想看看这些外星人究竟想干些什么，然后再决定他的下一步行动。和这些来自外星球的人进行较量，W博士感到很有意思。

W博士将他实验室里的有关机密悄悄转移走了，那个装模作样在实验室里工作的W博士是机器人。W博士每天都通过监视器观察这些天外来客的行动。他发现这些微型智慧生物的主要目的是为了观察地球人生活情况的。他们对地球人并无敌意。W博士用语言翻译器翻译了这些外星人的讲话,并弄懂了他们的真实意图。他们正在拍一部关于"地球巨人"的纪录片。这些电视工作者每天非常辛苦地将W博士及其他地球人的工作起居情况摄制下来,然后再用发射器将图像信号发射回他们所在的星球。这部连续性纪录片在那个遥远的星球上引起了巨大的轰动(W博士从这些外星人兴奋的交谈中获知了这一消息)。

观察外星人成了W博士每天必做的一项工作。他认为这项工作意义巨大。那天W博士照例在监视器里观察那些小外星人时,突然发现了十分可怕的情况:二十多只蚊子正在轮番向那些外星人的基地发起进攻。和微型外星人相比,这些蚊子简直就是巨型轰炸机了。外星人用手中的能量枪拼命向蚊子扫射,并向帐篷里撤退。一只蚊子攫住了一个外星人飞了起来。W博士通过翻译器听到了"救命"的呼救声。W博士再也顾不了那么多了,他带上两个机器人拿起武器助战,因为怕伤及外星人,所以他们也作了缩微处理。为了保持体能上的优势,他们缩微得比蚊子要大一些。W博士首先救下了那位被蚊子擒获的外星人,并将他送到仪器柜顶上。另外两位机器人则手持激光枪与蚊子大战。

突然窗外又涌来一大群蚊子,它们疯狂地向外星人扑去。外星人退入帐篷进行抵抗。他们在这种蚊海大战的攻击下,显然是有些力不从心。W博士率他手下两名机器人虽然拼力冲杀,但仍是难以击退众多的蚊兵。后来,W博士杀出重围,回到实验室里拿出一个仪器,他启动开关,奇迹发生了,那些蚊子纷纷向地下坠落,竟落了一层。原来W博士使用了超声波发生器,发生器的探测仪可自动测出蚊子翅膀的固有频率,然后再发出与之相同频率的声波，共振使得蚊子的翅膀飞不起来了。开始他是准备拿杀虫剂来喷杀蚊子的,但他生怕这药液里的毒性会伤了外星人。

W博士和机器人消灭了蚊子之后,才飞到外星人的帐篷外面与他们对话(当然得使用翻译器)。一位看来是首领的外星人从帐篷里出来向W博士道谢,并邀请W博士和机器人到帐篷里作客。首领和博士谈话时很拘谨,似乎不想谈及太多的问题。W博士对他们的到来表示欢迎,同时把监视器拍下来的蚊人大战的录像带翻录了一份送给了外星人。

天黑了,W博士向外星人告辞,说明天再见,并表示如果有什么事需要他帮忙,他一定尽力而为。首领亦再次向W博士致谢。

第二天,W博士再飞到柜子顶上时, 发现那些外星人已经全部撤走了。他在帐篷里一部微型电脑上看到了首领的留言:"W博士:请原谅我们的不辞而别和对您偷拍的无理,我们这次来地球的任务就是为了拍一部反映地球人生活的纪录片。这个任务,我们已经完成了,在未接到正式指令之前,我们是不能和地球人作正式接触的。但我们相信这一天是会到来的。我们这次将向我们星球的总统全面汇报这里的情况。我们会再次与您见面的。"

W博士怅然地抬起头,四周是那么的寂静,就像什么也没发生过一样。他狠劲掐了一下自己的大腿,很疼。

这不是做梦,他自语道,看来外星人对我们还是有着很深的警惕,他们怕我们什么呢?

赏析

热爱和平 /韩文亮

比蚊子的体积还要小的外星人, 为了拍摄一部反映地球人生活的纪录片，驾驶飞碟来到地球。W博士意外地发现了这些外星人的工作，并在最危急的关头，利用先进的武器，从蚊子手中把他们救了出来。

虽然W博士救了外星人的性命，对他们很友善，但是他们还是有戒心，不肯和地球人有过多接触，也不肯泄露自己的一丁点儿信息。他们到底在怕什么呢？其实他们怕的就是地球人会侵略他们的星球啊。地球人能把他们从危险中救出来，从一个侧面来说，就证明了地球的科技文明比他们还要先进，力量比他们还要强大。如果地球人充满野心，去攻打他们的星球，他们肯定无法抵挡。

而目前中国在世界上的地位，就像地球在外星人的眼里一样，是充满不可预测的危险的。中国是一个热爱和平的国家，奉行和平发展的政策。可是随着科技的发展，中国的国力正在日益壮大，每次一有新的武器发明，就会有很多国家猜测中国是否会侵略别的国家。这是一个适者生存的世界，人弱受人欺。其实中国只是用强大来保护自己不受别人欺负，却从未想过要侵略别国。

我相信，随着时间的发展，文中的外星人会了解地球是友善的，世界也会了解中国的。

那是什么样的乐曲,把世界摇晃在其中?
当它叩击生命的巅峰时,我们欢笑;当它
重返黑暗时,我们在恐惧中畏缩。

智能恐慌

在这幻想的国度里，你是否已经放飞自己的理想？在这种无边而智能的世界里，你是否觉得不可思议？救世主会在你需要帮助的时候及时出现在你的身边吗？

勇敢地去面对你的人生吧，你自己就是你要寻找的救世之主……

> 站在高科技的顶峰,我们到底得到了什么?又失去了什么?科技是一把双刃剑呐!

信息时代的无奈

☑ 文 心

东东比萨店的电话铃响了,客服人员拿起电话。

客服:东东比萨店。您好,请问有什么需要我为您服务?

顾客:你好,我想要……

客服:先生,请把您的 AIC 会员卡号码告诉我。

顾客:1352596107437718。

客服:陈先生,您好,您是住在泉州街一号 12 楼 1205 室,您家的电话是 203939889,您的公司电话是 23113731,您的手机是 1939956956。请问您想用哪一个电话付费?

顾客:为什么你知道我所有的电话号码?

客服:陈先生,因为我们联机到 AICCRM 系统。

顾客:我想要一个海鲜比萨……

客服:陈先生,海鲜比萨不适合您。

顾客:为什么?

客服:根据您的医疗记录,您血压和胆固醇偏高。

顾客:那……你们有什么可以推荐的?

客服:您可以试试我们的低脂健康比萨。

顾客:你怎么知道我会喜欢吃这种的?

客服:您上星期一在中央图书馆借了一本《低脂健康食谱》。

顾客:好……那我要一个家庭号特大比萨,要付多少钱?

客服:99元,这个足够您一家六口吃了,但是您母亲应该少吃,因为它上个月刚做了心脏搭桥手术,处在恢复期。

顾客:可以刷卡吗?

客服:陈先生,对不起,请您付现款,因为您的信用卡已经刷爆了,您现在还欠银行4807元,而且还不包括房贷利息。

顾客:那我先去附近的提款机提款。

客服:陈先生,根据您的记录,您已经超过今日提款机提款限额。

顾客:算了。你们直接把比萨送到我家吧,家里有现金。你们多久会送到?

客服:大约30分钟,如果您不想等,可以自己骑车来。

顾客:什么?

客服:根据AICCRM系统的全球定位系统车辆驾驶自动跟踪系统的记录,您有一辆车号为GY-4878的摩托车,目前您正骑着这辆车,位置在解放路东段华联商厦右侧。

顾客:×××。

客服:陈先生,请您说话小心一点,您曾在2002年4月1日用脏话侮辱警察,被判了10天拘役,罚款200元。您要不想重蹈覆辙,就请您礼貌回复。

顾客:……

客服:请问您还有什么需要吗?

顾客:没有了,再送三罐可乐。

客服：不过根据 AICCRM 系统记录，您有糖尿病，您在 6 月 12 日曾去医院做过检查，您的空腹血糖值为 7.8（140），餐后两小时血糖值 11.1（200），糖化血红蛋白……

顾客：算了，我什么都不要了！那份比萨也不要了！

客服：谢谢您的电话光临，下星期三是您太太的生日，您不想预订一份生日比萨吗？提前一周预订可以享受八折优惠。如果方便的话，您可以登陆本店的网站：http://www.aiccrm.om，您可以……

电话那头已经挂断了。

赏析

科技与恐慌 / 项配仪

当高科技与我们的生活越来越贴近的时候，却发现有一种东西正在悄悄地离我们远去——隐私。

时代在前进了，道德在某种意义上也沦陷了。如果连最起码的个人隐私的空间都无法保障，那是怎样一种赤裸裸啊！自己从来以为不起眼的一个瑕疵，在这样一个时代都有引起恐慌的可能。

是的，恐慌！我不知道是否真的会有这样的时代到来。当我们在尽情地享受人类所带来的一切文明成果的时候，人们是否想到会有被剖析得体无完肤的结果呢？站在高科技的顶峰，我们到底得到了什么？又失去了什么？科技是一把双刃剑呐！一方面，我们迫切地渴望和依赖高科技；另一方面，我们不得不厌恶和抵抗高科技的副作用。我们无可奈何地逐渐迷失在这种矛盾的慌乱与迷惘之中。于是，我们只能恐慌，恐慌，再恐慌了。

人类是高科技产物的生产者。然而不能容忍的是，让高科技的产物威胁人类最基本的个人隐私。因为我们才是地球的主人。作茧自缚的例子已经举不胜举了,千万别让一丁点儿的隐私都无法保障的时代成为现实。对我们而言,要学会利用新科技,但更重要的是要学会合理利用,而不是乱用。

　　监视器、窃听器这些窥探别人隐私的器具,大家都已经有所听闻,也许有些人对这些还有所研究了。但是思维是怎样被人窃听的呢?

秘密不复存在

✎ 万焕奎

　　哈德先生 40 岁时就任财政部长,今年又被提名为自由党总统候选人,真是红极一时。

　　他的竞选班子集中了全国最有水平的智囊,据史密斯社会调查所预测,他的对手、联合党的候选人卡德尔逊十之八九是会败北的。可是自本周以来,形势急转直下。卡德尔逊开始了他的攻势,先是揭露哈德在财政部长任上的一连串徇私舞弊行为,接着公布了一个最新消息:哈德为了拉票,对 53 名议员进行了贿赂,连每人所得金额他都掌握,"只是为了尊重各位议员先生,我暂不公布他们的姓名。"

　　哈德先生的竞选班子全都惊呆了。他们心里明白,这是千真万确的事情,而且是昨天才个别进行的,卡德尔逊怎么知道的呢?哈德惊恐地望着办公室,似乎到处都装着窃听器,但思维活动是无法窃听的呀。在惊恐中,哈德决定请侦探安德森来帮忙。可是两天过去了,案情毫无进展,但安德森并不急躁。正在他看足球赛电视时,他妹妹卡莎进来递给他一封P.T.的来信。信上说:"祝贺你接手了一个5万美元的案子,不过这钱可不好拿。哈德先生的思维在我们掌握之中,你卷进去,你的思维也会在我们掌握之中……若有兴趣,明天我再告诉你,你现在在想些什么。"安德森一惊,心里闪过一个念头,迅速取来催眠器使自己入睡。第二天P.T.又来信说:"我的思维真的能被人探知吗?见鬼!马上睡觉,什么也不想,看他再胡说什么!——这就是你昨天看完信后的想法。"信中警告安德森不要再插手此案。安德森看罢信,和妹妹打个招呼,就走到花园草地上躺下想了想,按来信告知的0953信箱写了一封回信。然后,他就到信箱附近等候取信人,令人奇怪的是,取信人竟是卡莎的未来公公巴特,他是卡德尔逊竞选班子成员。

安德森回到家里,卡莎和她的未婚夫查理在家。一会儿卡莎跑了出来,原来是查理今天正式向她求婚,为了表白爱她,竟说出了她的隐私和她昨晚沉思的内容,卡莎感到受了委屈。安德森立即把这情况与P.T.联系起来,心里似乎明白了什么。他马上去一位同学处借了一辆和自己汽车同一批出厂的汽车,用扫描机扫描这两辆汽车再进行比较,计算机果然发现安德森的汽车沙发里多了一个金属块。安德森取出一看,是块集成电路,显然是P.T.偷放的。它怎么能"偷看"人脑思维呢?安德森把它锁在保险柜里,然后叫卡莎到花园里散步。卡莎说她在查理研究室里也看到过这种东西,他说是他研究的为人类造福的语言工具。安德森说查理的研究被人利用了,叫卡莎约查理来谈谈。

在花园里,查理对他们兄妹谈了自己的研究,他发现脑电图波形可以反映人的思维,这有助于哑巴的思维交流。但人的语言是复杂的,要记住这些波形的细微区别,要靠计算机。由于查理没有计算机,就借用他父亲巴特的计算机,并向巴特说明了他的研究。巴特马上想到这可以用来遥控人的思维,鼓励查理搞下去。后来查理果然搞出了脑电波接收机。它能把接收到的脑电波发射回查理家,由电脑图机变成波形信号。他把脑电波接收机装在微型电视里送给卡莎,所以知道卡莎的思想活动。安德森把汽车里取出的小金属块拿来,问查理是不是脑电波接收机?查理对他也有接收机感到奇怪,安德森告诉查理,是他父亲巴特干的,他的发明已被用来监视人们的思维,进而控制、要挟人们。这是犯法行为。

国家情报局和国家保安局召开特别联席会议研究这个问题。安德森指出:这项技术可能变为恐怖工具——窃取机密,掌握世界各国领袖们的思维,破译隐秘,并最终奴役全人类。因为人类的脑电波像无线电讯号一样遨游空间,将能被一个操纵侦察的接收机调谐接收,然后送入计算机,把它变成语言、声音或画面。于是,人类的任何秘密将不复存在!

正在这时,卡莎打来电视电话,说查理已将脑电波接收机销毁。但事情将会如何发展呢?谁也说不上来。

小心思维被窃听 /凌 云

　　"哈德惊恐地望着办公室,似乎到处都装着窃听器,但思维活动是无法窃听的呀。"文章一开始并没有直接点明思维是如何被窃听,而是设下一个悬念吸引读者继续往下探索。

　　文中哈德和卡德尔逊分别是自由党和联合党的总统候选人,卡德尔逊窃听哈德的思维,攻击哈德贿赂议员以拉选票,哈德找来了侦探安德森帮忙,从而带出了安德森的妹妹卡莎,文中还出现了巴特和查理两父子,巴特既是卡德尔逊竞选班子成员,又是卡莎的未来公公。通过阅读,读者会发现原来思维窃听器是查理研究出来为人类造福的语言工具,查理的这个研究被他父亲巴特利用了,巴特把查理的发明用来监视人们的思维,进而控制、要挟人们。最终这个秘密被安德森揭破,在国家情报局和国家保安局召开特别联席会议研究该问题时,他指出:这项技术可能变为恐怖工具——窃取机密,掌握世界各国领袖们的思维,破译隐秘,并最终奴役全人类。因为人类的脑电波像无线电讯号一样遨游空间,将能被一个操纵侦察的接收机调谐接收,然后送入计算机,把它变成语言、声音或画面。于是,人类的任何秘密将不复存在!

　　通过阅读全文,我们初步了解了为什么思维也会被窃听,在文章最后,作者告诉了我们:查理已经将脑电波接收机销毁。但事情发展的结果怎么样?作者并没有明说,而是留给读者自己去思考。

　　对我们来说,应该像查理一样喜欢钻研,发明一些能造福人类的产品;但同时也要记住,千万不能把一些有用的发明用在危害人们的方面。只有正确、合理地使用新发明新技术,才能为人类发展作出贡献。

如果不是人类有发达的头脑制造出"好玩"的电子宠物贝贝兽，真正的贝贝兽就不会被冷落，贝贝兽就可能不会灭绝。如此说来难道是人类的文明进步导致了贝贝兽的灭亡？

电 子 宠 物

谢 鑫

飞船降落在美丽的 M 星，阿亨先生随着观光的人群走下舷梯，他是第一次来 M 星，奇异的外星风光给了他无比惬意的好心情，驱散了连日来辛苦工作的疲惫。来接他的 Sana 小姐早就等候在候机大厅里了："欢迎您，阿亨先生。我将为您作全程导游。"

"太好了，我正需要一个赏心悦目的好向导，看来此行不虚呀，呵呵。"阿亨高兴地拍拍硕大的肚皮。

在酒店洗了一个痛快的热水浴，又享受了一顿丰盛的 M 星大餐，阿亨越发的兴致勃勃了："这里有什么特别好玩的么？"

"M 星最有名的就数全宇宙独一无二的贝贝兽了，据说这是一种非常古老的 M 星生物，就像地球上的恐龙，不过它比恐龙厉害多了，经历了亿万年依然生存了下来。但是由于外星偷猎者滥捕滥杀，贝贝兽几乎在 M 星上绝迹了。好在这里的环境最适合它，所以只有在 M 星宠物馆才能见到真正的贝贝兽。有没有兴趣一饱眼福？"

"还等什么？我们马上出发。"

阿亨和 Sana 小姐好不容易才买到门票挤进宠物馆。只见偌大

的场馆四周黑压压的全是观众，大家伸长了脖子想早点一睹贝贝兽的风采。手持话筒的解说员赶紧上场："贝贝兽是整个 M 星最神奇的生物，但是它们就要灭绝了，今晚表演的将是全宇宙最后一只贝贝兽，它的妈妈几天前刚刚死去。让我们为它祝福吧。"

一只长着三只角、四双眼睛、八条腿、五颜六色的皮肤，一咧嘴笑就特别可爱的贝贝兽出现在大家的视野里，它站在一束追光里享受着舞台明星的礼遇。它的身上变幻着各种颜色，嘴里吐出缤纷的泡泡，懵然不知地奔跑嬉戏，顽皮得不得了。阿亨发现这是一只幼兽。大家不停地鼓掌欢呼，为小精灵喝彩。

表演结束了。阿亨在 Sana 小姐的拉扯下依依不舍地离开座位，他真想为贝贝兽做点什么。

几个月后，地球上出现了贝贝兽电脑宠物，它像极了 M 星的贝贝兽，能跑会跳，还可以与人交流，简直太好玩了。一时风靡全宇宙。著名软件制造者、计算机工程师阿亨先生松了口气，他的心愿终于完成了。

没想到，去 M 星的人越来越少。也难怪，有电子宠物贝贝兽，谁还会不远万里赶到 M 星去看呢？几年后 M 星宠物馆倒闭了，由于缺乏经费，最后一只贝贝兽只好辗转于各大星球巡回表演谋生,终于因不适应外星环境客死他乡。

听到这个消息,阿亨呆立了很久,突然他举起手里的便携式电子宠物机狠狠地砸在地上,立刻摔成了碎片……

赏析

文明的结果 /李汝达

究竟是什么导致了如此珍贵的贝贝兽的灭亡?如果不是人类发明了飞船,人类绝不会到达 M 星球,当然也不会出现全球独一无二的贝贝兽了,如果不是人类有发达的头脑制造出"好玩"的电子宠物贝贝兽,真正的贝贝兽就不会被冷落,贝贝兽就可能不会灭绝。如此说来难道是人类的文明进步导致了贝贝兽的灭亡?其实不然,只是人类在向自然索取的时候忘记了给自然做点什么罢了。就像我们过去,人们不断从环境获得能源、资源……却从来没有想到偿还自然一些什么(如种树),导致气候变暖、水土流失、空气污染、臭氧层空洞等严重的生态环境的破坏,使地球上灭绝的珍稀生物数不胜数。

这篇作品立意深刻,取材于现实,描写了高科技作用下人类生活的一角:对珍稀动物的保护问题。但是阿亨先生的努力却适得其反,最终还是无法挽救贝贝兽灭亡的下场。另外,作者为这种珍稀动物取名为贝贝兽,贝贝是一个很好的名字,有宝贝的意义。然而,正是这种宝贝般美好的东西惨遭灭绝,让人深感痛惜。

自然界本来是一个平衡,失去了平衡,自然就会受到根本的破坏。人类与自然是一个统一体,密不可分,所谓唇亡齿寒,树干没了,树叶又如何存在?

波澜微起的湖面，阳光照在上面，映起粼粼波光。连水鸟也经不起诱惑，在飞翔嬉戏。听，悦耳的鸣叫声，多么令人心动！这是人间的天堂吗？

消失的湖泊

佚 名

彼得和罗伯特是两个初中生，家住在路易安那的某个镇上，离镇不远的地方有一个湖，佩尼亚湖，湖中盛产鱼虾，并且湖上栖息着许多美丽的小鸟，彼得和罗伯特课后经常去湖边游泳和捉鱼虾。

这天下午，彼得和罗伯特做完功课后，来到湖上，只见湖面波澜微起，阳光照在上面，映起粼粼波光，湖上水鸟飞翔嬉戏，不时发出悦耳的鸣叫声。突然，罗伯特指着远处的湖面喊到："彼得，快来看那是什么？"彼得顺着他指的方向看去，只见远方湖面上耸立着一座铁塔，便回答说："那是石油钻井铁塔，啊，我父亲一定是在那边。""石油钻井？这湖中难道有石油吗？""是的，听我父亲说，这湖的下面是一个大盆地，可能蕴藏有丰富的石油，一定是在那儿。"罗伯特知道他父亲是路易州有名的地质勘探专家，因此也不再多问。两人开始准备饵料，放虾篓捉虾。虾篓放好之后，两人躺在岸边，看天上飘动的云和飞翔的水鸟，并谈论着石油的事。

突然两人被哗哗的水波声惊起，只见湖面远处出现了一个巨大的漩涡，湖中的水迅速地被抽向那里，整个湖泊就像一个拔掉了塞子的大澡盆，水越来越少，两人看得惊呆了，赶紧收了虾篓往家走。在回家的路上，两人谈论着刚才的怪事，罗伯特皱着眉头说："这是怎么回事？"彼得沉思了一会儿，突然高兴地说："我想，我父亲一定知道。""对，回去问你父亲。"

第二天，两人做完了功课，彼得便问爸爸："爸爸，那是怎么回事？"爸爸说："这是一次作业事故，是石油钻机引起的，在湖下面大约 4000 米深处有盐坑道，这段坑道是开采时留下的盐柱支撑的，钻机钻透了坑道上层，造成湖水下泄，流入暗洞。当顶被钻透以后，湖水流进暗道，盐柱便溶了，湖底失去支撑而塌陷。湖水流入暗洞，一个大湖便消失了。"

赏析

沉重的控告 /何小珊

波澜微起的湖面，阳光照在上面，映起粼粼波光。连水鸟也经不起诱惑，在飞翔嬉戏。听，悦耳的鸣叫声，多么令人心动！这是人间的天堂吗？

佩尼亚湖美丽景色的描绘，使我们想到，此湖如果永存于世上，那该多好呀，但后来却消失了。

佩尼亚湖为什么在突然间消失了呢？带着强烈的好奇心，读者会急迫地读下去，这是作者成功之处。为了解释湖泊消失的原因，作者巧妙地应用彼得当地质勘探家的爸爸的话来解释：湖泊的消失其实是作业事故，是由石油钻机引起的，是由于人类的不合理开采或过度开采造成的。

想想，人类损坏的自然资源仅仅是这些吗？填湖造房、非法捕鱼、捕捉珍贵野生动物……

通过湖毁灭前后的对比写出了人类正在为了自己的自私欲望，破坏着大自然的生态平衡。短暂的利益是得到了，但不远的将来必将会有无尽的灾难在等着我们，所以本文是对人类的一个沉重的令人心痛的控告。

作者高明之处还在于他没有在文中表达什么观点，但一切"意在文中却不言于此"，让人读后自然清楚他的写作意图，保护环境是我们每个人都应该做的。

看似达到了完美，但却没有以前的生活过得充实，产生了许多的遗憾，看来完美并不完美。

近乎完美的答卷

[日]船木和明　刘光华／译

他已经一筹莫展了。

连续 5 年报考重点大学，结果都落第了。

因此，他对那份突如其来的、离奇古怪的宣传广告极感兴趣："特别向您出售最新开发的划时代的新旧记忆相互交换的记忆器。"

倾囊买来的机器就像在邮购广告上常看到的睡眠学习器一样。

说明书这样写道："人的大脑记忆储藏能量是有一定的限度的。随着年龄的增长大脑里储存了各种记忆,因此就容纳不下新的记忆。所以,要用这个机器抹去不需要的记忆,在脑细胞上植入需要留存的记忆。所要抹去的记忆可由使用者任意筛选。"

他首先试着把那些无聊的笑话以及那些不知为什么清晰地残存在记忆中的 5 岁前后的记忆跟难懂的化学方程式行了交换。

如同水渗入沙子一样,知识令人吃惊地清楚地输入大脑里。

由此开始,他抹去了过去的各种各样的记忆,并换上了考试中新近出现的知识。

无论你记忆多少,都不会因此而满足。临近考试便常自责,后悔这呀那呀都没记住,后悔记住了的都没理解深透。

在机器的使用说明书上,还告诫使用者:"留神勿使用过度。"

不过他不能顾及到那种程度,他不断地把过去的记忆换成备考的知识。

小学时代留下的和同学之间的愉快的往事,换成了世界史中各国在各时代中的关系。

和父母去旅行留下的令人怀恋的往事,换成了在考试中或许只出现一个半个的上千英语单词。

和初恋时的女孩子首次约会时留下的酸甜苦辣,换成了在考试中或许出现的文学史。

他直到考试逼近之日,还在不断地把过去的记忆换成备考的知识。

判这张考卷的教授因其异常完美而感叹。

"完美,没见过如此完美的解答。"

这个学校的入学试题的难度一直居各校前茅,各学科的合格分数线每年平均在 50 分,近年来很少见到超过 70 分的答卷。

然而，教授刚判的试卷却无可挑剔地应得满分。

"完美的解答，这是近乎完美的答卷。"

教授满腹疑云地几番审视着答卷。

于是，教授赞赏地去看答卷的最上方，却什么也没有。

教授直视着这张考号栏、姓氏栏匀为空白的答卷，感到这是张近乎完美的答卷的唯一美中不足。

他离开考场一路往家走。

连自身的记忆、自己是谁都和备考知识交换了。

唯一没有交换的记忆只是到考场和回家的道路，凭此他还能一路往家走。

赏析 完美与完善 /牛 高

这篇文章以一个"新旧记忆交换记忆器"的科幻故事，写出了当代人为了追求不存在的完美，反而失去了一些平凡却不可丢失的"记忆"。

世上真的有完美的东西吗？从《近乎完美的答卷》这篇文章中可以看出，尽管他得到了很多美好的记忆，看似达到了完美，但却没有以前的生活过得充实，产生了许多的遗憾，看来完美并不完美。

然而，完善是存在的，它是人们可以用实际行动来不断地修进、筛选、实践最后得到较满意的结果，它是人们不断地追求，坚持不懈后的胜利品，虽没有完美，但它会不断地发展。俗话说："金无足赤，人无完人。"本文中那位学生虽然换上扎实的备考知识，最后也得到了一份完美的答卷，却失去了自己，这就是孜孜以求的"完美"？

　　这篇文章立意深刻，从我们学生最关心的事情——考试为出发点，为了好成绩，不断地拿旧的记忆，甚至"连自身的记忆、自己是谁都和备考知识交换了"，完全不顾说明书上"留神勿使用过度"的提醒，最终得不偿失，从而说明不正确利用高科技必会产生负面效果。

　　马克思曾说过："人只有为自己同时代人的完善，为他们的幸福而工作，他才能达到自身的完善。"科技的发达，也不能脱离客观现实，人的一生，唯有不断提高自己，完善自己，才会通往前途无量的光明大道。

　　在生活中我们都很会"投机取巧"，因此我们能获得很高的效率，并且收到很好的效果，但有时我们却适得其反，"聪明反被聪明误"。就像文章里说的聪明的 F 博士……

蛇 与 火 箭

[日]星新一　陈　浩／译

　　"我们必须对那个星球进行调查，因为我们很想知道：一旦人类到达那里，能否像地球上那样生活下去。不过，假如派一个探险队乘火箭前往探险，费用实在太大。诸位是否有什么好的办法。"

　　宇宙研究所的学者们正为这个问题大伤脑筋。与会者个个愁眉苦脸,搜肠刮肚也想不出好办法。这时,F博士走了进来。

"天无绝人之路嘛！我一直在研究,可否这样……"学者们一听,纷纷都探出身子。博士手里拿着一架细细长长的火箭,接着侃侃而谈:"我们可以打发它们到那个星球上去。我在这里面灌进了一条蛇,蛇的身体细长,比猴子呀、狗呀什么的方便多了。"

"姑且不说你的方案是多么的怪诞,你先说说途中的食物问题怎么解决。"

"用不着。火箭一穿过大气层,到了宇宙空间,温度就急剧下降,蛇便进入冬眠状态。因此它可以不吃任何东西,活着到达目的地。并且,蛇在冬眠时呼吸微弱,还可以减少火箭上的氧气储备量。"

"您是说等到达目的地以后,蛇就会自然苏醒?就算是这样,下一步又将如何呢？"

"诸位请看。"F博士说着把手里的火箭放在地上,火箭的前端部分自动打开了,接着录音带一转动,响起笛子的声音。蛇一听到笛声就钻出火箭。F博士得意洋洋地做着说明:"这是从印度人驯蛇中得到的启迪。我对蛇进行了专门训练,让它一听到笛子的声音就出来。"

那条蛇在周围游动着。不就,笛声中断了,蛇马上一头就钻进了火箭。

"蛇有着好钻洞的习性。另外,我在火箭里面还放了一些蛇爱吃的东西。蛇一咬食物,前端部分马上关闭,火箭会自动飞回地球。"

"有道理。如果蛇能够安全无事地返回地球,这就说明了人类也是如此。"

"是的,我这是请蛇代劳一趟。"

大家都钦佩地点点头。但其中一个学者提出了他的担忧:"万一火箭正好落到一个火山口,或者那条蛇一出火箭就被其他猛兽袭击呢？"

"担心得很有道理。但是，只要多发几枚这样的火箭，这个问题就解决了。总不见得所有的蛇都会遭到厄运。反正只要有一条蛇活着回来就能说明问题了。"

所有的学者一致赞成这个方案。这样，既能节约许多经费，还能避免让人类拿着生命去冒险。于是，十枚载着特别乘客的火箭就先后朝那个星球进发了。

剩下的事情就是等待。一天，两天……预定的返航日期过去了，可那些火箭一支也没有回来。

"看来这个办法不行，说不定那些蛇一出火箭就死了。"

"可怜，可怜。不过结论也出来了。事情很明显，要是人类一去，也准保完蛋。因此，对那个星球的大规模探险必须搁下来，我们的目标应该转移到别的星球上去。"

就在地球上的人们发表着这翻高论的时候，登上星球的那些蛇正高兴着呢。这里的环境岂止适于生存，简直不知道要比地球好几倍！能供它们饱餐的东西实在太多了，就拿青蛙来说吧，非但比地球上的肥，而且味道也鲜美得多。它们一爬出火箭，便尽情地大饱其口福了。

至于那些放在火箭里的食物，谁都不屑一顾，即使其中有哪一条想换换口味，也无济于事，因为肚子早吃得鼓胀溜圆，在入口就被卡住了，休想进得去。

赏析 深思熟虑 /明 达

在生活中我们都很会"投机取巧"，因此我们能获得很高的效

率，并且收到不错的效果，但有时我们却适得其反，"聪明反被聪明误"。就像文章里说的聪明的 F 博士，他看到了蛇细长的特点，知道带蛇比带其他的动物方便得多。还利用蛇的一系列好处解决了经费问题、食物问题和氧气问题。还对蛇专门进行了训练，使计划近乎天衣无缝。

　　得到的结果比预料中的还要糟糕。"看起来这个办法不行，说不定那些蛇一爬出火箭就死了。""事情很明显，要是人类一去，也准保完蛋……我们的目标应该转移到别的星球去。"他们的反应的确很敏捷，可怜的是他们错误了，考虑得太肤浅了。他们认为根据预想的条件可以理所当然地得出结论。殊不知，他们预想的条件本来就是不全面的，因此得到的结论也是错误的。

　　更遗憾的是，他们竟凭这样轻率的结论就把目标转移到别的星球上去了。"聪明"就这样误了聪明人。很多时候，人们做事失败并不是因为不够聪明，却恰恰是因为"太聪明"。很多人也是这样，没到最后就匆匆下结论。这些人最适合用一个词来形容——"武断"。

　　爱迪生说过：我的一切发明都是经过深思熟虑，严格试验的结果。100 年前科学家就有这个认识，100 年后此话一样是真理。

希望真的发现有海底人存在的时候，我们也能好好跟他们相处。

海 底 人

曹延标

最近，住在海边的渔民惶惶不安。

怪事一件接着一件出现。到深海打鱼的渔民，好多人一去不复返，连船都不知哪儿去了。那些从海里打来的鱼，放在家里，一夜之间便没了。

接到报案，探长科比火速赶到。勘察现场，只发现地面上有鸭掌形状，人脚掌般大的脚印。

"查尔，你能确信袭击小鱼船的是人，不是海洋中的动物吗？"科比问。

"我亲眼看见一个有鼻有眼的人把正在低头收网的爸爸拽进海里。"查尔回答。

"在出事的地方有船吗？"

"没有，当时海上什么船也没有。"

"要是海盗的话他们怎么能生活在海里呢？他们为什么要袭击渔民？从偷鱼者的脚印看，形状像鸭，大小像人。难道是海洋中的高级生物所为？"这些问题始终萦绕在探长的脑中。

经过缜密的分析，探长对大家说："看来，杀害你们渔民的不是海盗，而是智力不在地球人之下的海里的高级生物。请你们注意，出海打鱼一定要成群结队。家里吃的东西一定要保管好，以防再次被盗。一旦发现情况，及时向我报告。"

　　十天后的一个晚上，伸手不见五指，一个怪物悄悄地走进查尔的家。望着怪物蓝灯泡似的眼睛，查尔紧张的心快要跳出胸膛，还好，他早有准备，布下了陷阱。怪物拿到鱼刚要走，一张大网罩住了他。拉开灯一看，这个怪物长得很像人，眼睛大大的闪着蓝光，脸黑黑的，与人不同的是，他的头光溜溜的，像个和尚，手和脚就像鹅鸭一样，长着蹼。

　　"你是什么怪物？"查尔厉声喝道。

　　"我不是怪物，我是人，海底人。"自称海底人的怪物回答。

　　"你怎么也会说人话？"查尔问。

　　"你怎么也会说人话？和我们海底人说一样的话？"海底人反问。

　　"你为什么要偷我们的鱼？"查尔又问。

　　"你为什么要偷我们的鱼？"海底人反问。

　　"这鱼是我们在海里打上来的，怎么说是你们的？"一个渔民插了一句。

　　"大海就是我们的家，你们到我家里偷鱼，我再把你们偷来的鱼拿回去，有什么不对？"

　　这回轮到查尔和渔民们惊讶，真是想不到海底人这么会说话。

　　"大海是我们共同的家园，怎么能说是你们海底人的？"查尔说这番话还是底气不足。

　　"你们不是有陆地吗？你们不是吃粮食吗？"海底人据理力争。

　　"我们地球上人口太多，食物不够。"一个渔民说。

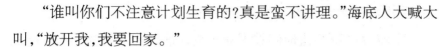

"谁叫你们不注意计划生育的?真是蛮不讲理。"海底人大喊大叫,"放开我,我要回家。"

"你们伤害了多少渔民,血债要用血来还。"渔民们义愤填膺。

"谁伤害了你们的渔民？说话要有根据。"海底人又威胁道,"你们若是动我一根毫毛,所有海底人不会让你们安宁的。"

正在这时,科比探长赶到,制止了渔民的鲁莽行为。也许是动了恻隐之心,查尔给海底人送去了许多好吃的东西。

海底人被抓后的第二天,查尔在门口捡到了一封信。信纸不同于一般的纸,表面像塑料纸,不沾水,纸上的字清晰可见,字体很像甲骨文。

毫无疑问,这是海底人送来的信。目前,首要任务是要搞清楚信的内容。没人认识上面的字,正在大家无计可施时,这封信说了话:"偷鱼贼,我们的海底娃卡罗被你们所捕,你们立即放了他,不然,我们不光杀掉所有鱼贼,还让你们不得安身。"

真是想不到海底人这么厉害,大家又喜又怕。喜的是查尔的爸爸和所有失踪的渔民都被海底人捉去,他们并没有死;怕的是,海底人有很高的智商,地球人会不会成为他们的奴隶。

"这样吧,我把卡罗送回去,把爸爸和乡亲们接回来。"查尔对探长说。

"你一个孩子到海底去,我不放心,我跟你一起去。"科比探长说。

就这样,科比探长和查尔戴好潜水面罩,穿上潜水服在海底人的带领下向大海走去。大海一望无垠,海鸥在蓝蓝的大海上空低吟浅唱,朵朵浪花是海底人送给卡罗的捷报。

"看你们穿得怪模怪样,真有趣！"卡罗说。

"这是为了降水压。"查尔问卡罗,"我的爸爸和渔民没穿潜水衣,到深海里怎么会没有生命危险呢？"

卡罗说:"我们让他们服了降压灵,这种药丸是我们祖先研究的,放在嘴里就可降低水压,比起你们穿的古怪衣服要方便多了。不过我们海底人不需要。"

卡罗带着查尔和科比向深海中游去。海底植物林林总总,名目繁多,形态各异;海底动物,千奇百怪,色彩斑斓,妙趣横生。好一个迷人的海底世界!

他们正游着,忽然来了一条鲨鱼。

"小心,鲨鱼!"科比高声叫道。查尔紧张得透不过气来。

"哎,你好!"卡罗热情地向鲨鱼打招呼。鲨鱼也很友好地摇头摆尾。

来到鲨鱼面前,卡罗搂着鲨鱼头亲吻了一下。鲨鱼绕着科比和查尔转了一圈。"他们是我的朋友,老鲨,快走吧。"鲨鱼很不情愿地摆动着尾鳍离开了。

"喂,鲨鱼在海里没伤害你们吗?"查尔问。

"我们是好朋友,在海里大家都是好朋友,不像你们人类,老是伤害他们。刚才,要不是我,你们就成了他们的点心。"卡罗说,"快了,快要到家了!"

也许海底人有什么先进的技术,他们好像知道卡罗回来,纷纷游到门外迎接。

真是让人难以想象,海底村简直赶得上陆地上最发达的文明城市,海底建筑新颖别致,好比水晶般透明。卧室、厨房、浴室,还有实验室,应有尽有。

"孩子,怎么又带两个鱼贼来?"卡罗的妈妈问。

"脱掉潜水服,屋里没水压。"卡罗的爸爸冷冷地对科比、查尔说。

"爸爸,渔民怎么和我们说一样的话?"卡罗奇怪地问爸爸。

"我们的祖先是一样的。开始,我们生活在陆地上,由于地壳运动变化,陆地变成了海洋。为了生存,我们就要像鱼那样生活。渐渐地,我们的手和脚发生了变化,像鹅鸭一样长着蹼,但是,语言还是相通的。"

"既然我们的老祖宗都是人,我们就不要互相残杀了,好不好?"卡罗说。

"卡罗说得对!让我们化敌为友吧。"科比接着说。

卡罗的爸爸没理科比,他心疼地对卡罗说:"叫你别上岸,你看多危险。孩子,你说怎样处置这些抢我们饭吃的渔民?"

"放了他们吧。"

"什么,放了他们?"卡罗的爸爸感到吃惊。

"我的爸爸呢?乡亲们呢?他们在哪儿?"查尔从衣兜拿出信问,"这封信是你们写的吧。"

"是又怎么样?"卡罗的爸爸一副盛气凌人的样子。

经不住卡罗的纠缠,他的爸爸终于答应了让他们见见面。海底住房比较特殊,大都连在一起。科比和查尔穿过一间又一间屋子。门前的海藻清晰可见。

打开门,查尔简直不敢相信自己的眼睛,屋里灯火通明,几个渔民有的看《海底人》杂志,有的在抽烟,有的在吃饭,还有的躺在床上休息……丝毫看不出他们忧愁痛苦的样子。

"爸爸!"查尔激动地喊道。

"孩子,你怎么来了?"查尔的爸爸惊喜地叫起来,"探长……"

大家都围过来,看见亲人,激动地相互抱头痛哭。"爸爸,我们回去吧。"

"回去?做梦!"卡罗的爸爸变卦了。

"你不要出尔反尔。"探长说。

"我可没说放了你们，我只是要求你们放了卡罗。两国交战，败者要赔偿损失。何况你们侵入我们的领海，抢夺我们的饭碗……"

"你说怎么办？"探长打断了他的话问。

"把所偷的鱼统统送回来。"

"禁止以后到海里捕鱼。"……海底人七嘴八舌，议论纷纷。

"这样吧，鱼已经被你们偷回家了，就算了吧。以后再到海上打鱼，让我们抓住的话，我们不再把你们带回家，让你们喂鱼。"

"你们不让我们到海里打鱼，我们住在海边的人怎样生活？"探长问。

"那我可不管。别以为你们技术先进，我们也有许多先进的技术。我的孩子被你们抓去以后，我用苍蝇大的监视仪跟踪你们。你们怎样对待他的，我看得清清楚楚。我给你们送去了电话信，你们没有伤害我的孩子，我才没有伤害这些鱼贼。这里充满压缩空气，室内气压与海底水压相等，海水不会进入室内。要不然，我把他们推出屋外，他们就会被水压压成肉饼。你们有子弹枪，我们有激光枪和水枪。"

探长很清楚卡罗的爸爸为什么要对他讲这些话，无非是在要挟他。

"查尔，既然陆地生活那么困难，就到海里来吧。"卡罗对查尔说。

"不行，我们现在海底人人数不多，生活得很好。你们人类既不注意计划生育，也不注意环境保护，在入海口进来的水污染得非常严重……"卡罗爸爸说。

"你说得不错，现在我们已经认识到了错误，正在改正。你们总不能叫我们到空中生活吧。"探长说，"本是同根生，相煎何太急！"

"爸爸,海洋这么大,海底人这么少,我们多么冷清啊!让他们进来住吧。"卡罗说,"你知道我多么喜欢查尔啊!"

"好吧,看在孩子的面上,如果你们愿意就到海里生活吧。"卡罗的爸爸说,"我随时欢迎你们。"

"让我们共同来建设大海这个美丽的家园。"探长的话赢得了大家的热烈掌声。

赏析 爱护海洋家园 /韩文亮

地球是一个美丽的蓝色星球,地面约有三分之二被海洋覆盖,所以说它是水球也许更为准确。海洋的世界是神秘的,生命就是诞生在大海里,然后才进化的。以我们现在的水平,也只能探测最表面的海洋世界,而海洋深处到底有什么,我们还不知道。浩瀚大海的奥妙,还需要我们以后的努力。

很久以前就有传说,说海底里住着海底人,他们是陆地沉入大海后才开始在海底生活的。他们建造了比人类更发达的文明城市,像美人鱼一样快活自在,过着舒适的生活。文中的海底人也是多年前为了适应地壳运动的变化,生活到海里,渐渐的身体发生了变化,适应了大海。他们不满人类去侵犯海洋,就抓了几个"鱼贼"。渔民的孩子查尔也抓住了海底人的孩子卡罗,友善地对待他。卡罗的爸爸一开始,仗着自己的文明比人类先进,武器也先进,态度非常强硬地对待人类。而到了最后,他也被人们的真诚感动,愿意和他们一起,共同来建设大海这个美丽的家园。

希望真的发现有海底人存在的时候,我们也能好好跟他们相处。

来自星际联盟的挑战

陈晗

因为许多年的积累,地球的环境受到污染,臭氧层有了许多空洞,科学家正忙着研究维持地球生命的药物,可最近又有怪事发生了:天空中常常冒出紫色的光,还有人看到飞碟的出没。动物们也感到不安。联合国会员开了十几次会议也没得出结果。几天后,更奇怪的事情发生了,全球电脑系统陷入瘫痪状态,并且出现了下列字幕:

挑战书

无知的人类:

你们在地球生活了许多年,因为你们的无知,乱砍树木,将化工原料排入江河……严重污染了自然环境……使你们的朋友——动物也生活不下去了,为此,我们星际联盟选出了许多精英编成了"星河战队"来挑战你们,我们要占领地球,维护地球的自然秩序。

星际联盟主席:麦丹

2059 年 8 月 4 日

这封挑战书使人们非常恐慌，联合国有了行动，他们调集了全球超级新式武器迎接挑战，但这似乎不够，各国领导人还邀请科学家研制新核能武器。

经过几十天的准备，战争就要爆发了。当天清晨，人们都逃到了避难所，联合国部队排好阵势，一刹那天空落下了无数蓝光，轰轰……只听见连续的爆炸声，一会儿，陆地上、海洋上，全是人的尸骨、武器的零件。突然，几艘宇宙飞船徐徐降落，有声音在喊："地球人，我是星际联盟主席麦丹，你们已经看到了星际武器的厉害，我们也不想人类灭绝，所以我们向你们列举了几条法规，你们只有两条路走：一条是向我们投降，乖乖地退出地球；第二条是遵守法规，好好地维护自然环境……"

当然，人类最后还是选择遵守法规，进一步制定了《维护地球环境条约》。

从此，地球日新月异。后来，人类也和星际联盟成了友好联邦，一场挑战就这样平息了。

赏析

让我们携手同建美好明天 / 江伟栋

当河里的鱼儿因为生活、工业的污水而无法存活时，当南北极的冰块因为不断攀升的温度而融化时，当臭氧层因为受到人类活动排放的有害气体而出现了巨大的空洞时，我们的心开始颤抖了，究竟我们的地球怎么了？

《来自星际联盟的挑战》与其说是作家通过大胆想象所虚构的故事，不如说是我们人类对自身破坏环境的深刻认识和反省。星际的力量是神秘而强大的。通过一场"战争"来引起人类对环境保护的重视，尽管是个迫不得已的做法，但"星际联盟"的出发点却是善意的，给人类敲响了一记警钟，目的是让人类通过这场始料未及的"战争"能够重新认识自己的行为，增强保护自然的意识，并能选择一条适合地球可持续发展的道路。

"人类的最后一滴水，将是环境破坏者悔恨的泪。"别让可爱的生灵在我们这一代人手中消失。人与自然、人与社会、人与人之间的和谐相处，是保证我们美丽的地球可以永远年轻下去的动力！保护环境就是保护我们自己，善待自然也是善待我们自己。只要人人都献出自己的爱，从个人做起，从日常生活小事做起，讲究卫生、注意环保，携手共建我们人类共同的家园，那么我们的明天将会更加和谐、更加美好。

不管是现在，还是未来，无论是什么原因，都不要有战争了，就让和平之花开满大地吧。

不让他们又一次胜利

[美] 雪林·道恩·西蒙

戴塔茫然地盯着变黑的天空。她知道侵略者已经快要来了，今天早上他们的第一批舰队已经登陆……或许目的地就是她的首都，这是侵略者计划好的，要把戴塔生活的国度从里到外地毁灭。

她的星球已经满目疮痍，她的周围是一座又一座的废墟，都是坎里人那永无止境的贪婪的恶爪所缔造的杰作。破碎的大楼静静地互相倚靠着，金属的外壳被烙下了战争和死亡的黑色印记。然而，在这已成废墟的城市里，公共监视器依旧闪着工作灯，像这夜空中被遗忘的星星一样。

漫无目的地在这暗夜中孤独地踱步，她看到不远处的光屏，于是被这黑夜里唯一的光亮所吸引，像扑火的飞蛾一样走了过去。这暗夜的风很冷，吹得她直哆嗦，于是她把围巾缠得更紧了。

她渐渐地靠近那摇曳的灯光。突然，一个响声，她停住了脚步。

"谁在那儿？"

"是我，不用害怕。"戴塔轻声地说，"也是代那星人啊。"

这时，一个衣衫褴褛的男孩从黑暗中走出来，小心翼翼地凝望着戴塔："刚才差点就杀了你啊。"

戴塔耸耸肩："我没有抱怨。"

沉默，两个人都沉默了。戴塔耸耸肩，看着在暗夜中的男孩，说："你能告诉我你的名字吗？"

又是一阵沉默，然后一个粗粗的声音回应道："T克。"

戴塔点点头，缓缓地坐下来。她知道她作为一个代那星人是长得很高的，所以她尽可能地表现得容易亲近，不给人以居高临下的压力。在暗夜中的这两个人，小声地说着话，并没有表露出各自的年龄。

"你多大了，T克？"

"这很重要吗？"这话具有明显的防备性，它已经泄漏了T克的心情，T克开始有些害怕了。

"我没有想伤害你的意思。"为了表示诚意，戴塔随意地倚靠在碎石上。

T克仍然沉默着，戴塔耸耸肩，当监视器转过来的时候她睁大了眼睛。在她周围，寒风呼啸着，她抱怨着，冷风爬进她的围巾亲吻着她已经冻僵了的皮肤。

"你冷吗？"

这突如其来的声音吓了戴塔一大跳，她警觉地把手按在刀柄上，本能地准备抽刀。

Ｔ克显然被这动作吓到了，他向后跳去。戴塔尽量使自己轻松下来。"对不起，"她平静地说，"我只是……太紧张了。"

透过这暗夜的云雾，戴塔看到这个五官模糊的男孩不住地点头，他说："是我的错。"

戴塔笑了，她把手从刀口上移开。"你必须走了……"她平静地说，"如果你不想被抓的话。"

Ｔ克坐立不安起来："被抓？"

"被坎里人抓起来，"戴塔向着天空方向打了一个手势，"他们今天早上飞过来的。"

"那你呢？"

戴塔摇摇头："我已经没有活下来的意义了。我认识的每个人都死了。"

"被杀死的？"

"是的，"戴塔感到从体内升出一种凄冷的悲伤……她经常用这种苦楚来掩盖内心的痛和仇恨，她继续说，"被坎里人的炸弹炸死的。"

Ｔ克没有回应，戴塔继续说，仿佛唤醒了自己痛苦的记忆。"当时为了躲避炸弹……"她平静地说，"我的丈夫带着我和我们的孩子躲进了最近的一个避难所。突然，避难所的墙壁倒塌，他用双手抱住我……他用身体盖住了我和孩子。"当时的情景不由自主地再次浮现，她泪流满面，"他被压死了……而我的孩子就在我的怀里窒息了。"

戴塔抱着膝盖坐了下来，痛苦地抽搐着："我躺在那里整整两天……躺在我死去丈夫的怀里，抱着我死去的孩子……直到有人把我从废墟中拉出去……把我和他们分开……"戴塔使劲地摇头，"我不想离开他们。"远处响起了机器的嗡嗡声，打破了这暗夜的宁静，T克直起身子。

"他们来了。"他平静地说。

"也许我们最终还是会失败的。"那令人厌恶的嗡嗡声又近了，戴塔闭上眼睛，闪光的监视器射出的光圈，在她的眼睑上不停地跳动，"我宁愿死也不投降。"

T克摇了摇头："我不想死。"

戴塔笑了："我也不想死啊，但我更不想活着……像这样活着。"

寒风扭曲地发出悲鸣，在远处传来一声惨叫……是代那人的惨叫。戴塔拔出她的剑，出神地凝视着。

"你要干什么？"T克更加平静地低语道……坎里人更近了。

"我不想成为他们的又一个战利品……"戴塔突然把剑插入自己的胸腔。瘫倒下来的她剧烈地抽搐、喘息着："再也没有痛……苦了。"

T克小心地移到戴塔扭曲的尸体旁。他把剑从戴塔手中松开，小心地帮戴塔闭上眼睛，伸出血红的爪子把戴塔轻轻地放在地上。"再也没有痛苦了。"T克低语。

"T克！"

有人叫他的名字，他被这声音吓了一跳，他转过头，看见舰长正向他跑来。

"我们看见你的飞船坠落在附近，"舰长气喘吁吁地说，"我们还以为你死了。"

"我没有死。"

舰长瞥见T克手上的刀，上面还滴着代那人的鲜血。"干得好！"舰长笑着拍拍他的背，"又一次胜利！"

T克没有应声，舰长疑惑地皱着眉："你没事吧？"

"没事，"T克平静地说，"我很高兴，这结束了。"

让和平之花开满大地 /韩文亮

代那星人戴塔看着自己生存的星球被炮火弄得支离破碎，家园被毁，丈夫和孩子死去，心都碎了，每天行尸走肉般地生活着。为了不投降，成为贪婪的坎里人的战利品，戴塔自杀了。可是出人意料的是，她临死前倾诉痛苦的人，居然就是她最痛恨的敌人——坎里人。

战争常常夹带着毁灭性的伤害，像二战的时候，美国在日本广岛投下了两颗原子弹，虽然目的是为了摧毁法西斯，可是人民何其无辜？直到今天，投弹的地方依然寸草不生。要知道，造化孕育万物不是为了让他们自相残杀，而是让他们相亲相爱，和平共处。科学家推测在浩瀚的宇宙中，人类是渺小的，还会有像地球一样的星球以及同人类一样或比人类更高级的生物生活在那里。这样的话，人类就拥有了自己的同伴，不至于在茫茫宇宙中，感到孤独寂寞。看战争片的时候，我总是很难过，总觉得在高高的天上，有人鄙夷地看着地球上发生的一切，看着人类为了自己的利益，受到贪婪的驱使，而不惜伤害自己的同伴，像蚂蚁面对宇宙一样渺小，却总是愚昧无知。

坎里人T克被戴塔的话震撼了，开始反思战争给别人带来的苦难。结尾他说："我很高兴，这结束了。"其实他是在庆幸战争终于结束，不会再伤害别人了。我们也衷心地希望，不管是现在，还是未来，无论是什么原因，都不要有战争了，就让和平之花开满大地吧。

情感机器

机器人已经具备了和我们人类一样高的智慧，它们不仅仅可以像人类一样学习创新，同时还具备了和人类一样的情感，它们会哭会笑，还敢爱敢恨……

当你在玩电力怪人、棉花糖怪兽和恐怖的怪船长时，有没有和你所操作的计算机聊过天呢？那计算机是用哪种语言和我们交谈呢？大家很想知道吧，那就请到这里来，你将会了解到计算机或者是其他的机器是怎么和我们人类交流的……

有时，当大路上只剩下他一个人赶路时，他会产生一种挺奇怪的感觉，电脑储存器没来得及告诉他这是一种什么感觉。

孤独的机器人

[英]玛格丽特·利特尔

夜色迷蒙之中，一个小机器人正躲躲闪闪地走在公路上。

他不时回头望望，生怕那帮气势汹汹的家伙追上来。自从老主人死后，他们只知道没完没了地吵架，瓜分财产。小机器人的生活今非昔比。他几乎没法工作，因为没人顾得上给他充电。他身上的零件吱吱作响，可谁也想不到要给他加油，更没人给他编制新的程序。不仅如此，那帮家伙还任意支使他拿这拿那，一会儿是点心，一会儿是饮料，各人还恶作剧似的要的不一样，使得本已体衰力竭的小机器人"噗"的一声摔倒在地上，怎么也爬不起来。一个家伙还粗暴地朝他的控制中心和脉动节点中间踢了一脚。顿时他全身震颤，信号灯忽明忽暗，不时发出刺眼的闪光，最后"哗"的一声，他就再也没有动静了。

怪事发生了。他自己也不知道这是怎么回事，他能给自己充电了，而且每走上三四步，身子就腾空而起，飘上一会儿。他飞呀，飞呀，在屋里转来转去。过了一会儿，他打开了人工电脑的电钮，把旋钮转到"判断与指导"的位置。结果令人吃惊,电脑明白无误地告诉他,这次偶然发生的撞击推进了已故主人的试验。小机器人现在有点儿"意志"了。虽然还不能深入地思考和自由地选择,但他可以作出一些决定,采取一些行动。刚才,他不是给自己充了电吗? 他现在也能有一些人的知觉和情感了。电脑存储器开始按照字母顺序一条一条地把小机器人新获得的情感列出来。A 感代表忧虑,D 感代表愉快,E 感代表激动,F 感代表恐惧,这些情感他都能体会到了。还未等他看完,那帮家伙又吵嚷着逼上前来,于是他一跳一跳地跑得飞快,使劲一跃,竟从墙头上飞了过去。

他跑过一片小树林,来到了这条公路上。

等他确信后面没人追时,才慢慢地定下神来。这时他发现,这条高速公路是自动移动的,路的两边分别向相反的方向移动,路中间有一条白线。他踏上那条离他跑出来的地方相反的路,在上面又跑又跳,路过了无数的城市和村庄。真有意思,他就好像是一个能自己管理自己的机器人,又好像是一个身上布满线路的真人,但他发现自己不能自由地选择感情,感情像个不速之客,好像知道什么时候该到似的。

有时,当大路上只剩下他一个人赶路时,他会产生一种挺奇怪的感觉,电脑储存器没来得及告诉他这是一种什么感觉。他连续旅行了好几个星期,一路上哼着一首自己编的,专为在有 D 感(愉快)时唱的歌。后来,他身上快没电了,可是他又没钱充电,他全身没劲,终于倒在了一个风雪交加的地方。

第二年春天,两个种检验草的工人发现了这个小机器人。

本诺是个专爱修修补补的小伙子,他用万能电源检查了一下小机器人,结果小机器人噼噼啦啦地站起来了。本诺高兴地给他上了润滑油,把搞乱的触角天线也整理好了。

自此,小机器人就在他俩身边干在前主人那儿干的工作——记账、干家务事。他觉得找到了归宿。可是,他没想到,这种幸福的生活竟有完结的一天。两个工人的合同期满了,又接受了到另一星球上种植检验草的新合同,而机器人却未被允许做星际旅行。当小机器人终于发现一路上照料他、修理他的本诺竟然想把他卖掉时,他觉得自己被愚弄了。其实本诺也是出于无奈。在市场上,几个买主上下打量小机器人,还掐掐他的防护衬垫。终于,本诺忍无可忍,仍旧带着小机器人回到了已被转让了的房屋。新房主倒是个和平本分的人,但他的境况不好,一家几口人都靠他来养活,他害怕付不起机器人的保养费。最后,小机器人一个人留在了屋里,再也没有见到本诺回来。他等啊等,以前没有朋友一人流浪时的那种难以形容的感觉,充满了他的全身。他所经历的一段最美好的日子到头了。他今后该怎么办?

小机器人看见了那位新房主,便慢慢地走到他身边,小声地说:"对不起,我能帮您种草。"

那人吓了一跳,猛然转身,吃惊地看着他。房主的两个活泼可爱的小男孩好奇地瞧着他。

"我的使用费和保养费也许并不像您想象的那么高,再说,我什么账都能算,什么活都能干。"

那两个孩子先是瞪着大眼睛迷惑不解地打量着小机器人,后来又焦急地抬头看着他们的父亲。小机器人产生了 H 感("H"代表"绝望"),他头上的两支触角式天线也越垂越低。做父亲的看着他,犹犹豫豫地说:"他简直像个有感情的生物,看起来很孤独。"

两个男孩不明白什么叫孤独,做父亲的就讲给他们听。这正是小机器人平时常常感到而又叫不出名字来的那种感觉。

原来,他一直在体验着孤独。

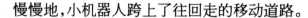

慢慢地，小机器人跨上了往回走的移动道路。

"嗨，小机器人，别走！我们要你了。"是那父亲在叫。

"别一个人走开，孤独的朋友，"两个小男孩喊着，"跟我们住在一起吧！"

小机器人害羞地耷拉着脑袋，胸中却激动不已。他转过身，向着他们跑去，边跑边用脚板打着拍子，哼着他的D小调。

让爱心和理解来破解孤独/陈耀江

很多时候，我们都是很孤独的。我们经常一个人走在大街上，一个人看球赛，一个人对着窗户发呆，也经常会莫名其妙地发脾气，有时候即使在很多人的场合，也会感到很孤独，很无助。

我们为什么会感到孤独呢？因为没有人能理解我们，没有人陪我们聊天，没有人能帮助我们解开心中的结，我们觉得很无助。所以，故事中的小机器人一直是孤独的，因为没有人能理解他，没有人和他"谈心"，也没有人帮助他。但后来，他终于很幸运地不再感到孤独了，因为那一家人理解了他的孤独，并愿意和他交朋友。

我们从小机器人的故事中明白，孤独是要用爱心来融解的，需要人与人之间的相互理解。当你发现你身边的亲人、朋友或同学感到很孤独的时候，你不妨试着用你的一颗真诚的爱心去帮助他，跟他谈谈心，这样，他才不会觉得很无助，很孤独，因为他觉得这世界上还有人关心他，理解他，这样他才会走出孤独的困境。

如果我们每个人都能关心和理解身边的人，那么，世界上就不会有那么多人感到孤独了。

从此以后，地球就永远是二十六个国家，没有战争，没有硝烟，永远和平。

虚 拟 战 士

王　潇

　　3000 年 10 月，世界各地爆发战争，地球被分成了 26 个国家，按照强弱来分，分别是 A，B，C……越是强大的国家，越是人口稀少。

　　A 国是 26 个国家中最为先进的国家，总统野心很大，一心想统一世界，成为"世界之王"。可是这幸存下来的 26 个国家都异常厉害，每个国家都有比激光武器威力还大的武器，要想征服其余 25 个国家是不容易的，何况 A 国的战士实在太少了。于是，总统发了一个"伊妹儿"给著名武器发明家阿蛋博士，要他研制可以征服世界的武器。

　　星期天，太阳升起了，阿蛋博士在空无一人的地下研究室里苦苦思索着，想得到灵感。时间过得很快，阿蛋博士闲着无聊，便打开电脑，玩起了游戏。双击桌面上的 MIR，"热血传奇"的游戏便启动了。经过近千年的发展，电脑游戏已经改进到可以身临其境了。阿蛋博士戴上传感头盔，开始娱乐起来。游戏里有很多人，博士一个接一个地打招呼，忽然他灵感来了，瞬间便回到了现实。他一拍脑门："对呀，我们国家主要是人口稀少，克隆人虽好，可是缺陷很多,游戏里的虚拟人物没有那些缺陷,而且死了还会复活,多好啊!"博士立刻将此想法记录下来,免得忘记。

"既然可以进入游戏世界,就应该可以把它从游戏世界里弄出来。"阿蛋博士自言自语地说。

又是一个星期天,阿蛋博士仍然钻在研究室里,里面的摆设基本没变,就是多了一个电话机似的东西。阿蛋博士突然一阵大笑:"好了,终于完成了。"他用微型电子表传呼总统。一会儿,总统就来了,他对这玩意不满意:"就这电话机?""它可厉害着呢!"阿蛋博士喝着咖啡说道,"把它接到电脑上,和我编的特制程序混合,再联系到热血传奇,就可以把游戏里的不死无敌战士传送到现实中来。"总统一听,惊喜地说:"哦?这么厉害?哈哈,干得好!继续努力,争取在月底完工。"说完,总统兴高采烈地走了。

B国间谍得到消息,报告了B国总统。B国总统秘密召集了其他24四个国家的总统开会,大家都很害怕,最后决定只有联合抗敌。

再说阿蛋博士,他在研究室里准备好了一切。只听"呼"的一声,和电脑连接的电话机式的东西发射出一道亮光,墙壁上出现了一幅图画,阿蛋博士操纵着电脑,墙壁上出现了许多披着盔甲的战士,手里握着隐形辐射枪,随着博士的操纵,战士越来越多,博士一按回车键——一瞬间,战士们挤满了研究室。

11月1日,总统亲自检查虚拟战士,看到一个个服从的面容,他高兴地笑了。秘书向25个国家发去了战书,地球上到处是老百姓的哭声。

11月2日一早,A国虚拟军就在总统带领下进攻其他25国的联合军。总统带着军队来到边界,看到那些显得非常弱小的联合军士兵,哈哈大笑。"冲——"他闭上眼,耳边一阵激烈的枪林弹雨，他满意极了，心想睁开眼看到的肯定是遍地的联合军士兵的尸体。总统慢慢地睁开眼，嘴成了 O 形——原来他看到联合军安然无恙，只是遍地是破碎的武器；再回头看看自己除虚拟军外的军队，武器也都报废了；再看看远处所有的兵工厂，都冒着烟。"难道……"总统不敢往下想。四周一片寂静，人类的战士们都看傻了。忽然，从虚拟军里出来了一个异常高大的战士，他对总统和周围所有的人说："战争会摧毁一切，我们都是从传奇世界来的，我们受够了战争的苦，看到人类被战争笼罩，就借阿蛋博士的手，来到这个世界，摧毁一切武器，拯救人类，如果人类再不醒悟，就没办法了。"说完，整个虚拟军就全部消失了。所有的人都明白了，尤其是 A 国的总统，他流下了懊悔的眼泪，他对军队说："解散！从今往后不会再有战争。"其他总统也都说了同样的话。地球上爆发出人们的欢呼声……

从此以后，地球就永远是 26 个国家，没有战争，没有硝烟，永远和平。

赏析

永别了，武器 /程 光

战争似乎总是伴随着人类的历史发展，而伴随着枪林弹雨的是无尽的人员伤亡与人类的悲伤。未来呢？未来的战争是怎样的？又或者战争会不会消失呢？

作者通过丰富的想象力，联想到 3000 年的地球，A 国总统为了"世界之王"，而让阿蛋博士研制厉害的武器。阿蛋博士制造出不死无敌战士——虚拟战士。一切征象表明，A 国将会统治地球。但在这时候作者却为我们设置了转折，打破了传统思维，写出了一个出人意料的结局：虚拟战士不但没有帮助其成为"世界之王"，反而将所有的武器都破坏。"战争会摧毁一切，我们受够了战争的苦，看到人类被战争笼罩，所以就摧毁一切武器，拯救人类，如果人类再不醒悟，就没办法了。"作者通过虚拟战士说出了自己想说的话，不管胜利的是哪一方，战争的结局永远是悲哀的，并不是拥有武器就能称王，只有为人类造福才是正道。

向往和平应成为我们每个人的愿望，愿我们都成为和平的小使者，向身边的人传播爱与和平。

不要被眼前的利益给蒙蔽了双眼，要以发展的长远的目光看问题。

请 挪 开 吧

[俄] 安德烈·帕夫鲁辛

接触发生在星期三。

星期四全球都知道他们究竟想干什么，他们要交换什么了。此时我会见了弟弟。

"挪开……"我若有所思地重复着，"挪到哪里去？"

"这有什么区别呢？"弟弟反问，激动地在窗前踱来踱去，窗外秋天的暮色更浓了，"银河系真大啊！"

我们家是一个普普通通、奉公守法的工程师家庭。母亲是一位程序设计师,我是某轧花机站的操作员。原则上讲,都没什么特别的。只有我这弟弟出人头地。他走遍世界:从代表会到研讨会,从研讨会到展览会,从展览会到某股份公司……从他嘴里听到的净是:尼斯(法)、丹佛(美)、巴黎、东京、北京之类的大城市。甚至如果他在家里,他也是数小时守在电脑旁,下不了网。如今他已是一位联合国属下专门委员会的成员。该委员会是专门审理人提案的。我弟弟是一位新工艺专家,是世界上最有声望的专家。

"他们说'该清道了! 该挪开了'。"弟弟终又坐回安乐椅里,"分析家认为,所移范围不会超过十秒差距(天文长度单位,1 秒差距等于 38 公里)。"

用我们地球的观点看,用我们地球关于距离的概念看,这都合乎逻辑。

接触是短暂而又平常的。谁也没有见过别人的飞船,谁也不知道它在何方。总而言之,他们是在联合国总部宣布的。在接收到人的面孔之后,他们展示了某种法术,很快就使我的领导相信,他们正是那些受委派来的人,于是就开始了谈判。原来,人类很早就已被研究、被分类、被列入智慧发展阶段的成员(当然是处于低水平发展阶段的)。我们拥有自己的权利和义务,因此,未经我们同意,任何人都没有权利移动我们。必须注意的是,移民航线的向量正通过太阳系。他们虔诚地尽力解释,什么是移民航线、流动、移动。大约有五十个种族正沿着一定的空间弦线向另一个宇宙"迁移",可是地球挡了他们的道。外星人建议,把太阳系(连同它的全部天体)挪到宇宙的其他区域去。迁移要完整保存其全部轨道,而且要远离会造成危害的目标系统(如像小行星、彗星等)范围。当然,造成危害的情况是极其少有的。地球如果同意,将得到补偿,我们将得到我们当前发展水平上能够理解、可以利用的外星工艺。至于迁往何处,怎么迁移等问题,就不必任何人担忧了。

当然,还有政治问题。人家只愿跟联合国打交道。许多国家对此都很不满,产生了危机,于是成立了一个协调委员会,全地球的国家首脑都加入了这个委员会。

"你可以想象得出,"弟弟说,"迁移用的是星际航天器。其构造说明书和使用细则已经用地球的基本语言改写和翻译过。"

"就是我们说的航天飞机吗?"

"不可能。我们对它的概念还远远没有认识呢。"

我瞥了一眼窗外——秋天蔚蓝色的天空挂着些许远不可及的星星。

弟弟继续说:"人类基因的全面破解、应付气候的安全原则、零重力发电机、更加牢固的超轻钛材料、新型能源……这能源来自何方我也不了解。开列的单子还可以继续念下去。"

我若有所思地点了点头。

"对地球来说,这是一次机遇。"他越说越兴奋,"我们很幸运,我们正处在航线的向量上,这一点大家都懂得。我想,协调委员会的绝大多数是赞成迁移的,这是向未来的一大跃进。我们将跨越好几十年,甚至好几百年的时间啊!你懂吗?"

一周以后,我们又碰到一起来了。"礼物"带来的喜悦已经平静。委员会果真赞成迁移。我们被移开了,可整个过程谁也没有感觉到。只觉得天空稍稍有些模糊,但后来就完全变了样。

"有人。"弟弟突然关上门说。

"什么人?"我很诧异。

"外星人呗。"

他整个地紧张起来,坐在安乐椅里,取出一支香烟抽了起来。

"他们怎么说呢?"

他把烟灰直接弹到地毯上。

"应当把评估员请来,好像有太空评估员这类人。我们有权请他们来,当然他们也许会拒绝。有谁知道呢?我们究竟被移到什么地方来了?而且现在一切都已为时过晚。协议已经签订,我们已经获得了他们许诺的东西。还有什么好说的呢!再说我们又没有能帮我们返回的飞行器。"他抽完了烟,站起身来。

"我们已经被人家像扔垃圾一样地给扔了,哥哥。"

我没有回答,只看了看窗外那纯净得没有一颗星球的天空。天文学家后来查实,用普通望远镜供天文爱好者可以看到一点星光,那是我们邻座人的太阳。

一步都不能退让 /韩文亮

因为地球挡住了其他星球的迁移路线,外星人通过联合国和地球洽商,答应只要地球肯移开,他们将会提供移开的技术和星际航天器,还会送上厚厚的大礼——地球人将得到当前科技发展水平上能够理解、可以利用的外星工艺。大家都被外星人的糖衣炮弹给蒙骗了,仅看到地球只需移动 10 秒差距,科技文明就能跨越好几十年,甚至好几百年的时间,却忽略了移动后可能产生的大问题:地球生存环境的大改变。自始至终都没有露过面的外星人,就凭一些对他们来说已经是落后无用的技术,把整个太阳系都搬开了,获得了更好的发展空间。地球人却只看到表面的利益,没有想过关系到整个地球生存发展的迁移会带来的后果,结果像垃圾一样被扔到偏僻遥远的空间,从此地球的天空再也看不到一颗星星了。

正所谓"差之毫厘,谬之千里",电脑程序输错了一个数字,就有可能导致整个宇宙飞船的坠毁；飞机少了一个螺丝，就可能发生一场空难。不要被眼前的利益给蒙蔽了双眼，要以发展的长远的目光看问题。原则性的东西，比如国土之争，生存环境之争，人格尊严之争，一步都不能退让。

人类具有几乎无限的发展潜力，不是机器代替人类，而是人类在机器的帮助下，把自身提到一个更高的水平。

泅 渡 东 海 (节选)

郑文光

"年仅 15 岁的优秀游泳运动员任以平，将从上海出发，泅渡东海，直抵长崎。"

这条新闻虽然简短，却是爆炸性的，吸引了全世界的新闻界。

物理学家姚文治怀疑任以平是一个机器人，负责这项研究的龙志林对他说，一个机器人无论怎样像人，总瞒不过你物理学家的眼睛，何况还可以用仪器进行测定。龙志林在大学时代对人体生理机制发生了兴趣，开始研究人体特异功能，试图将人的肌体的潜力发挥出来，任以平超众的长游本领正是他的研究成果。姚文治并不相信龙志林对他说的话。在任以平出发那天，姚文治乘着一艘白色的快艇跟在小任后面，用遥测仪测定了任以平的心率、血压、脉搏等，结果没有发现异常的情况。姚文治并不因此罢手，他进一步采取新的办法，来试探任以平。

4 天以后，任以平准确地游完了航程的一半，这段航程任以平似乎十分顺利。他没有休息过，只是每天三次，快艇靠近他，给他带点儿食品饮料。他边游边吃，跨越了半个东海。

任以平的游泳姿势非常美。他游得像一条旗鱼，迅速、从容，姿态万千。有几艘外国记者的快艇抢到前面，从正面拍下了他的面容：一双炯炯有神的眼珠，无论在多大的浪涛冲击下也不闭一闭，一个明净的前额，被海水洗得更明净了；再加上一直有规律地一张一合的嘴巴，令人不由得怀疑：这个 15 岁的少年是不是在浪花中诞生的维纳斯的兄弟？

姚文治乘坐的快艇与任以平保持五海里的距离，仍在监视着任以平的游泳表演。晚上，姚文治叫人开启辐射仪，一束看不见的辐射在到达任以平身边时，他身边突然爆亮了海火，立刻又熄灭了。这时，龙志林打来电视电话要他停止试验，并告诉他一大批记者打电话向他提出了抗议。姚文治才停止了试验。

在平静的海面上，离任以平不过几百米的地方，有一条蛇颈龙向任以平游来，并倏然伸过头，一口咬住了任以平刚刚举起的胳膊，血迸射出来。

所有在场的人都喊叫起来。一声枪响，一个外国记者射出的手枪子弹，斜擦过蛇颈龙的背脊。

在小艇上的任以平的教练员总工程师龙志林通过广播器，用各种语言请求大家安静。他说，任以平这个运动员会自己战胜这个庞然大物的。

任以平的反应非常快。尽管左胳膊已经负伤，但他还是跃起身子，用没被咬的右胳膊使劲地抠住蛇颈龙的脖子。他的手非常强壮有力，似乎连头庞大的怪兽也经不住他的一抠，蛇颈龙的嘴巴马上张开了。他一翻身便骑在蛇颈龙背上,而那头可怕的怪兽立刻潜下水去,只在海面上留下一摊逐渐褪淡下去的血迹。

任以平又浮出了水面,一条受伤的胳膊使他不能均匀地用力,这是最后的冲刺!几十艘快艇上响起了热烈的掌声和欢呼声。蛇颈龙在他背后五十米左右,穷追不舍。

这是一场速度的搏斗。好几次蛇颈龙都差一点咬着任以平的脚丫子。

203 号快艇果断决定采用 8 号机,这是一部屏蔽仪器——它发出的干扰辐射就像一墙,可以横亘在那艘快艇与蛇颈龙之间。

就在他们使用这部机器前的一瞬间,蛇颈龙掉转了头,放弃它的猎物,扬长而去。302 号快艇上的三位工程师制止姚文治继续用蛇颈龙去干扰任以平的行为。原来,这条蛇颈龙是姚文治捕捉到的,曾经动过手术,在它的大脑里植入了一个电极,这样,这头庞大的怪兽会接受电波式传递的指令,去拦截任以平。

任以平终于摆脱了蛇颈龙的纠缠,比原计划提前 1 小时 28 分到达终点——长崎码头。约有三百万人热烈欢呼这个创造世界纪录的长途游泳健将。有趣的是,国际泳联负责人还准备把任以平的纪录用金字写在他的世界纪录册上。龙志林总工程师如实说明事实的真相。任以平 8 岁时,从一棵树上摔了下来,颅骨粉碎,登时断了气。龙志林给他安了一个用铂合金制的阳电子人工大脑,任以平居然活过来了,而且还具有非凡的智力和突出的体力。在苏教练培养下成为一个游泳运动员。由于任以平安了一个阳电子脑,使他肌体的某些潜力被激发出来了,比如,他潜水时间超过任何一个潜水冠军。任以平是一个既有人的特点,又有智能机器人的特点的综合人。他身体可以导电,姚文治用辐射仪对他袭击,高压电就像流水一样从他身上滑了过去。任以平的这场表演在人类

面前打开了一个新的视野：人类具有几乎无限的发展潜力，不是机器代替人类，而是人类在机器的帮助下，把自身提到一个更高的水平。它预示着：人类会彻底克服自身的异化，开拓一个无限美好和璀璨的前途！

机器在替代人类吗？/蓝 风

文章写到物理学家姚文治听到任以平泅渡东海消息的时候，怀疑任以平是一个机器人，即使负责这项研究的龙志林对他作了解释，还是没法除去姚文治对这个年仅15岁的少年的好奇心。在任以平出发那天，姚文治乘着一艘白色的快艇跟在小任后面，用遥测仪测定了任以平的心率、血压、脉搏……还出动了蛇颈龙阻碍任以平以试验他是否血肉之身。

可我们看到的结局却是："任以平8岁时，从一棵树上摔了下来，颅骨粉碎，登时断了气。龙志林给他安了一个用铂合金制的阳电子人工大脑，任以平活过来了，而且还具有非凡的智力和突出的体力。在苏教练培养下成为一个游泳运动员。由于任以平安了一个阳电子脑，使他肌体的某些潜力被激发出来……"读到这里，我们被悬起的心才真正释放开来，释放的那一刹那间也悟出了全文的寓意，沉浸在深深的回味中……机器怎么可能取代人类呢？

做人就要时刻保持清醒的头脑，冷静地对待问题，切莫因为得意而忘了形，冲昏了头脑。

可怕的机器人

佚　名

　　这是未来世界的某一天，经历了几个世纪的机器人，在人类的不断改进下，已具备了人类同等的智慧头脑，它们不愿再被人类支配，为了摆脱人类的控制，它们决定消灭人类。面对机器人凶残的攻击，人类已经无法抵抗了，为了生存，人类只有暂时迁居到了外星球上，人类生存的地球家园从此变成了机器人王国。

　　一年后，鲁克军官带领军队重返地球。与机器人展开了激烈的战争，决心收复地球。

　　经过了几次战斗，鲁克发现机器人的本领已经超过了人，收复地球的战斗更艰难了。机器人像是制定好了计划，分工明确地坚守着阵地，丝毫不给人类喘息的机会，就这样坚持了两天两夜，第三天早晨，机器人停止了攻击，突然全部撤退了。

　　鲁克提醒士兵不要放松警惕，机器人很可能会有更大的进攻。几分钟后，一阵"沙沙"声从对面战壕传来，数千只巨大的金属蟹从对面疾速爬了过来。士兵们先是一惊，随即开火射击，可是打碎了一只，爬过来十只。很快金属蟹便爬到了士兵的身上，锋利的蟹爪像刀子一样割在了士兵身上。随着一阵哀号，几百名士兵倒下了，鲁克马上命令士兵退进地下通道，并把入口严密堵死，在出口处等待地球的飞船来接他们。

傍晚时分，一艘飞船停在了地下通道的出口处，士兵们一看到自己的飞船，便高兴地奔了过去。

"你好，军官，我是地球 402 部队的战士，奉命带你们返回基地。"从驾驶舱里走下来的驾驶员郑重地向鲁克行了军礼。飞船起飞了，士兵们为能摆脱可怕的敌人而暗自庆幸着，谁也没有注意到鲁克军官一直死死盯着前边年轻的驾驶员。"年轻人，告诉我飞船的着陆地点和联络密码！"鲁克突然问道，并朝士兵打了个手势。这位驾驶员不知是没有听见鲁克的问话，还是有意不回答，坐在那里没有出声，但士兵却看到鲁克已举起了枪。就在驾驶员转身的瞬间，两支枪同时响了，但驾驶员还是慢了一点儿。士兵见被打破的脑袋没有流出血，而是一股线路烧焦的味道，才发现原来驾驶员是个机器人。

赏析

清 醒 /卢晓丰

这个故事反映了一个弱肉强食的世界，竞争无处不在。

机器人把人类赶出了地球。但人类又怎么会甘心离开我们生活了上亿年的地球呢？鲁克军官带领军队重返地球，与机器人展开了激烈的战争，决心收复地球。当士兵们正为可以摆脱可怕的机器人而暗自庆幸得意忘形之时，军官鲁克却成功地识破了驾驶员是机器人的阴谋，从而拯救了众人。这个细节提醒人们：做人就要时刻保持清醒的头脑，冷静地对待问题，切莫因为得意而忘了形,冲昏了头脑。

因此,我们要擦亮双眼,不被生活中的一些虚假现象蒙骗,也要树立正确的科学意识不断学习,让我们成为自己生活的主人。

我们要摆脱工具式的角色,极力捍卫人的权利。

没有父母的人

胡小明

圣诞节之夜,"抵制科学原始教派"的成员们,以木棒和石块砸死了史蒂文森教授和一百余名助手,捣毁了世界上第一风格无性繁殖实验室,最后放上一把火,那 2000 位在模拟母体营养钢罐里的婴儿,哭叫着葬身于一片烈焰之中。

18 年后的一天。

红极一时的篮球明星罗姆,驾车驰往训练基地。他是环球俱乐部篮球队员,三年试用期再过一个月就满期了,到时候将签署正式录用合同,得到 50 万年薪。这就可以实现他的愿望,和洲际大厦屋顶餐厅那绝代佳人爱丽莎结婚。

训练基地在城外一座密林中,这里的训练由教练员詹姆士负责。此刻他见到罗姆回来,热情地向他介绍了新来的伙伴亨利。原来在 18 年前的那次暴行中,助理实验员贝得娄在混乱中偷带一个营养钢罐,从排水管中逃了出来,钢罐里的婴儿就是亨利。亨利长大后,贝得娄花10年时间配置了一台冷酷无情的机器人,对他进行了全面的体育训练,然后把他高价卖给环球俱乐部。这一切,罗姆都从詹姆士那里听到了。他小时遭到父母遗弃,因而非常同情亨利。

亨利性格孤僻,不与人交谈,每晚睡前都去教堂附近散步,最怕听鬼神的传说,一听到便面色苍白。

训练阶段过去了,初次登场比赛,亨利崭露锋芒,连老队员也瞠目结舌。第一场比赛,以悬殊的比分宣告环球俱乐部的胜利。环球队和许多国际强队比赛结束了,亨利一跃成为世界瞩目的超级明星。比赛结束后又转入训练。罗姆心中闷闷不乐,他隐约感到,亨利可能将自己赶下明星宝座,因而威胁到那年俸薪50万元的合同签订,那他的婚事和前途就全完了。

第二天,罗姆请病假回到自己的房间里,打开电视机,向中心询问站查问有关无性繁殖的资料,终于知道亨利这批无性繁殖婴儿,是属于劳动类型的,长大后身体素质极好,能胜任常人难以忍受的沉重工作量,但因缺少母爱以及社会各种因素的影响,性格孤独、沉默,对不习惯的事物怀有强烈的恐惧感。罗姆为了不失去签订合同的机会,决定装鬼来惊吓亨利,只要亨利吓病了躺在床上一个星期,他就可以参加圣诞节比赛从而签订合同了。

这晚亨利像往常一样睡前散步,突然看到罗姆装的鬼,吓得全身崩溃。罗姆没想到情况会这么严重,急忙去扶他。这时,好像从亨利身上发出一股巨大的力量,使罗姆也失去控制,两个人像死一般地一齐倒下去。

董事长听说两个明星出事,急忙偕贝得娄赶到现场,他们正想把尸体运回实验室,警官和记者们也赶到现场。贝得娄赶紧给两具尸体各打一针,奇迹出现了,罗姆重新活了过来,而亨利因将能量输给了罗姆而无法救活。这时爱丽莎发疯般挤进人群,她几个小时前出现了异常感觉。后来有人告诉她,制造亨利时所用的基因,就是从她父母身上取得的,因而亨利和她息息相通。她见自己发作,知道亨利出事,就赶快来到训练基地。

董事长见罗姆活过来,还想收买他,罗姆和爱丽莎扔掉了他递过来的支票和合同。这时全市运动员赶来支援罗姆,罗姆提议为亨利举行隆重葬礼。

任人摆布的世界 / 木 木

文章一开始就像放电影一样,将一幅宏大的带有悲剧氛围的图景展示在读者的面前,给人一种高度紧张的感觉。但是紧接着,却是一系列沉寂的描写,似乎没有什么可怕的事情发生。让读者心急,猜不透也摸不着。

然而,当作者讲述篮球明星罗姆的心愿,接着引出18年前劫后余生的亨利的时候,读者就会隐约感到一场悲剧即将上演。

罗姆为了自身的利益处心积虑地陷害亨利,却万万没有想到导致了他的死亡;而任人摆布的遭受罗姆欺凌的亨利,在临死之前把能量输给了罗姆使他得以存活。从亨利的死,一个可怕的事实摆在罗姆的面前:他跟亨利一样也是别人牟利的工具。罗姆和爱丽莎最后的举动捍卫了人性的高贵。

西方用幻想的手法把人类社会丑陋的一面展示在读者的面前。文章以轰轰烈烈的悲剧开始,又以轰轰烈烈的悲剧收场。情节起伏,事件简单,但是发人深省:生活是我们每个人自己的,千万不要被其他东西左右了我们的思想和行为。自由自在地成长才是我们迈向成功的最好保障。

古纳斯因电脑而失业——无奈；因不能使用电脑系统而记不起密码——苦恼！对电脑真是又爱又恨！

密　码

✒ 钧　天

古纳斯的衣兜只剩下 10 块钱,离失业救济金的发放日还有一个星期。

12 月 31 日下午, 古纳斯刚刚参加完了全球失业者协会组织的,号召各大企业放弃使用电脑系统,把就业机会还给人类的示威活动。他拖着充满了胜利者的喜悦又疲惫不堪的身躯回到寓所,兴奋之余,竟然忘却了协会关于暂停使用电脑的约定,不由自主地打开了那台追随自己多年的手提电脑。电脑收到了一封来自英吉利国际银行的急信:"尊敬的古纳斯先生, 您在本银行开设的 VIP 账户已经三年没有使用了,而且余额只剩 500 元,不足以支付下一年度的服务费,请阁下在 12 月 31 日前尽快处理为盼。"

"还有八个小时!"古纳斯的精神为之一振。那是一个自己担任某跨国公司高级职员的时候开设的账户,怎么会忘记了?而且还有 500 块的余额,足够自己富裕地生活一个星期了。他二话不说,立刻连接上了英吉利国际银行的客户服务网站。

"您好,古纳斯先生。"迎接古纳斯的竟然是一位年轻貌美的金发女郎,她满脸堆着热情的笑容,"请说出您的密码。"

"密码?"古纳斯吃了一惊,"密码不是在我的电脑软件里已经设置好了吗?"

"对不起,我们已经更换了新的服务方式。"金发女郎很有礼貌地说道。

"可是……"古纳斯确认自己是记不起密码了,支支吾吾道,"我已经习惯了电脑的服务……"

金发女郎义正词严道:"古纳斯先生,您的思想落后了。我们应该支持失业者协会的倡议,拒绝使用电脑,选用人工服务,这样才能创造更多的就业机会,为更多的失业者争取权益。"

"是的,是的。"古纳斯连连点头,羞愧得涨红了脸,看着电脑屏幕里的金发女郎,小心翼翼地问道:"请问,我能不能选用电脑服务? 我确实忘记密码是多少了。"

"您能不能仔细想一想?古纳斯先生,您每使用一次人工服务,就是向失业者付出一份爱心。"

"我……"古纳斯竭力思考,希望捕捉住自己 3 年前填写密码那一刻的灵感,"会不会是……12345? "

金发女郎笑意盈盈:"对不起,密码错误。您再仔细想一想,通常一个 VIP 客户是不可能选用如此简单的一个密码的。通过电脑软件,破解这个密码只需要 3 秒钟,古纳斯先生。您思考一下,采用一个尽量长一些的密码,不止五位数……"

古纳斯呆了呆,"12345"这样的密码确实有点儿傻,不像是自己的作风。他咬紧牙关苦思了片刻,终于又想到了一个:"123456? "

金发女郎脸上露出了惊喜之色:"接近了,古纳斯先生,比第一次接近了。请你再想一想，比这个更长，更长一些。"

"我真的想不出来了，小姐。请让我转电脑服务吧。"

"不不不，先生，您一定能行的。请相信我的直觉，我一眼就看出您是一个聪明人，而且富有同情心。"金发女郎鼓励道，"我们银行是响应失业者协会的号召，才新开了人工服务的。如果得不到客户的支持，那么这项业务将会取消，我们银行职员就会大批的失业。请您用您的实际行动，来投我们的一票吧。"

"这……"古纳斯的脸上露出了难色，"会不会是，1234567？"

"对极了！古纳斯先生。"

古纳斯喜出望外："对了？"

"更接近了！"

古纳斯失望地垂下了头："小姐，我真的忘记了密码是多少。您干脆让我转电脑服务吧。"

"您这样说，我会失业的。"金发女郎一副哭丧着的脸，突然脸上又现出了希望的光芒，眼珠子一转，神秘兮兮地道，"古纳斯先生，您再试一次。嗯……我偷偷地告诉您，您的密码是9位数字，以您的聪明才智，一定很容易就……"

"123456789！"古纳斯脱口而出。

"全中！"金发女郎兴奋地跳了起来，"密码通过了，先生。您将得到我们银行最热诚的人工服务。"

"谢谢，太感谢你了，漂亮的小姐。"古纳斯擦了一额的汗水，高兴地道，"我果然猜到了！"

"能够为您服务，真是我的荣幸，先生。只有我们人工服务，才能给你这么多的密码提示，对吧？"金发女郎看了看手表，"不过先生，请允许我向您说声抱歉，我的下班时间到了，请您……"

古纳斯恼怒了："什么？岂有此理，我费了那么多时间，你竟然对我说下班了？英吉利国际银行不是号称 24 小时服务,无休止营业的吗？"

"只有电脑服务才能做到 24 小时不休息,我每天只干 8 小时,先生。"

古纳斯哀求道:"小姐,请您也帮帮我的忙,把我的一单业务做完了再下班。我必须在今天注销了我的 VIP 户口,拿回我的五百块余额,假如到了明天,我就要多交一年的年费,我的 500 块钱就要完蛋了。"

"可是……"

"请您理解我的苦衷,我也是一个失业者。"

"好吧。"金发女郎点了点头,随即又皱起了眉头,"可是……先生,刚刚已经过了午夜 12 点,现在是 1 月 1 日了。"

"啊?"

"是时区的原因,先生。您所在的那个时区,比我们银行所在的时区足足慢了 8 个小时。"

古纳斯如遭重击。500 块,足够快活一个星期的钱啊!

金发女郎微笑着离开服务台,临走的时候还很有礼貌地添了一句:"祝您新年快乐,先生。"她那说话的神态极富人情味,电脑无论如何也模拟不出来。

科技发展＝失业? /冼泽梅

《密码》这篇小说,通过生动的对话,使两个因企业使用电脑系统遭受失业问题困扰的人物跃然纸上。古纳斯因电脑而失业——无奈;因不能使用电脑系统而记不起密码——苦恼!对电脑真是又爱又恨！如今，电脑已经成了我们日常生活中离不开的工具，使用它，我们可以查阅学习资料，帮助我们学习。但我们又不可沉迷于电脑之中，否则你也会体验到故事主人公的无奈和苦恼。

机器人罗姆真绝，既能干活，又能思考，还能知道人们的思想活动和内心的秘密。

不 告 而 别

施鹤群

海狮电器公司董事长的工作室，一位身材匀称的机器人罗姆，正在忙着处理公司文件，董事长洛斯坐在沙发上沉思。

寂静片刻后，机器人罗姆抬起头，看看董事长阴沉的脸色说道："我知道你此刻在想什么？"

"说说看。"

"你在讨厌我！"

"讨厌？"洛斯笑了一声后，对着机器人罗姆说道，"我为什么讨厌你？你给我办事，处理公司事务，给公司带来巨额利润，我怎么会讨厌你？"

"别说谎话了，洛斯先生，你知道我是第四代机器人。我不仅会干活、说话，还能思考，知道人们的思想活动和内心的秘密。"机器人罗姆冷冷地说。

这时，洛斯董事长停住了笑，一声不响，心里思忖：这个该死的机器人什么都知道，我的一举一动都逃不过他的眼睛。想到这里，董事长脸上红一阵白一阵。他整日刺探别家公司的秘密，也最怕别人知道他的秘密。而机器人罗姆，不仅对他的言行举止了如指掌，而且还知道他心中的秘密。

洛斯决定去"超人"公司请教对策，超人公司是供应智能机器人的专业公司，第四代智能机器人的设计者菲力普亲自接待了罗斯董事长。

"菲力普工程师，你设计的那个机器人太鬼了，他什么都知道。"

"那不是你所要求的吗？你不是要能窃取到藏在人们心头的情报吗？"

"可是他也知道我的一切！"洛斯董事长气急败坏地说着。

"嗯，知道了，你不想让他知道你的内心秘密，不想让他知道你的隐私。"

董事长笑嘻嘻地点点头，说道："是这样，请你帮帮忙！譬如，能不能换个低级一点的机器人？"

"那怎么行，一般机器人没有思想，不能胜任你安排的工作。"菲力普双手一摊，肩膀一耸，道，"这没有办法。你又要他为你刺探情报，又不想让他知道你的秘密，难办！"

洛斯一无所获，驾车回到家。他的妻子见了洛斯，怒气冲冲道："出事了！"

"什么事？"

"机器人罗姆自杀了！"

洛斯急忙跑进自己的工作室。机器人罗姆躺在地上，身上散发出一股难闻的臭味——是机器人身上电子仪器烧坏了。罗姆已成

了一堆废铁，桌上留着他写的一封遗书：

"洛斯先生，你和菲力普工程师的谈话，我通过遥感功能都听清楚了。你对我如此讨厌，我只能不告而别，因为我是个有思想的机器人。"

赏析 罗姆之死 /陈禹华

机器人罗姆真绝，既能干活，又能思考，还能知道人们的思想活动和内心的秘密。

洛斯说机器人罗姆什么都知道。可以看出洛斯对罗姆的讨厌已到了极点，以致他要求换一个低级一点的机器人。先不说罗姆的好坏，单是他为公司工作这一点来说，洛斯就不该这样做了，更何况这是一个有思想的机器人。在我们的学习和生活中，都离不开各种各样的工具，它们默默不语地为我们作着贡献。即使它们也有这样那样的缺点，我们仍要善待他们，因为它们也是我们的朋友。

克隆世界

曾经我们有这样的愿望，想克隆一个和自己一模一样的人，代替自己去考试，或者为自己受罚；长大了，看着一些在临死边缘挣扎的人，多希望可以有克隆的器官为他们作替换，然后他们就可以健康地生活下去。朋友们，请到这里来吧，在这里可以把我们的愿望变成现实。

孩子种蔷薇的情景总会出现，那"稚气的脸庞上从笑容到泥巴都是那么的可爱"，这就是母亲永不磨灭的爱的表现啊！

独　子

佚　名

每当克里斯蒂窗前的蔷薇绽开浅红的花蕾，她就知道又过了一年了，这株蔷薇和种下它的儿子又大了一岁，而她，又老了一些。

你在哪里呢？我亲爱的菲利克斯，我唯一的儿子。

她打开从不离身的链坠，那里没有菲利克斯的相片，只有一张星系的图画，那银色的漩涡仿佛要吸走她的灵魂。她松弛的脸颊在微微颤动，眼中却没有泪水。昂起头她透过窗子看天上的星星，那星空呵，她永远也看不厌，因为她的独子在那里。农场的夜晚风总是很大，她入睡前常会听到蔷薇花瓣被风扯落的声音。

"妈妈，我想种株蔷薇，浅红色的蔷薇！"菲利克斯摇晃着她的手，"可是我的零用钱不够，蔷薇苗好贵！"

她微笑着数给他一些分币，又拿了本《怎样栽培花草》放在他手中。整整一个下午，她都坐在窗前，看着菲利克斯把花苗买来、挖坑、种下去、再浇上水。他干得真漂亮。他是她独一无二的菲利克斯，是她优秀的独子，虽然他才五岁，但比十几岁的孩子还聪

190

明。她目不转睛地看着他，那张稚气的脸庞上从笑容到泥巴都是那么的可爱。当他成功地栽好蔷薇，她将他抱起来，母亲和儿子在温柔的阳光下分享着彼此的快乐。

电话铃声在一个黄昏响起，声音像潮水般淹没了静寂。她拿起听筒，是一个陌生的男子。

"塞德夫人吗？我是维特上校，以军部的名义邀请您参加一个新闻发布会，您的儿子菲利克斯也将出席——作为在遥远的异星战斗的英雄。您会为他们而骄傲的！"

她在询问了一切细节后放下了听筒。她的菲利克斯回来了吗？她空荡荡的生活又将被那份独一无二的幸福填满了吗？她亲爱的菲利克斯，她伟大的独子，不是作为一个战士，而是作为一个儿子……说起来，她失去他有多久了？

"夫人，经 DNA 检测，您的儿子菲利克斯被选为地球宇宙舰队第一批特别战斗士兵，现已出发前去训练。"在那个蔷薇花盛开的下午，一名军官带着一队士兵来到了她的家，向她传达了这个命令。她没有回答，因为她清楚无论是否愿意，决定都已不可更改。

他们开始在屋子里翻动，因为军官说为了保密，一切有关菲利克斯的东西都要带走。她木然地站在屋子中央，看他们搬着东西进进出出。其实她并不介意，没有了菲利克斯，这些东西只不过是一片片残影而已。

"这花开得真漂亮呢，夫人，是您的儿子种的吗？"军官指着窗前开得红红火火的蔷薇问。

"不，我们家搬来之前就有了。"

"哦。"那军官点点头，然后收走了菲利克斯所有的照片，包括链坠里的。

等到这纷乱的一切结束时已是黄昏，军官即将带队离去时，她突然叫住了他。

"上校，你知道吗，菲利克斯是我的独子，唯一的儿子。"她陈述着。

"别担心，夫人，我们将给您提供花不完的生活费，并委托政府相关机构妥善照顾您。"

那辆黑色的轿车被司机从车库里开了出来。上校把车送来已有很久了，但她从未坐过，只是让司机开它去买东西而已。她喜欢的是老式的敞篷汽车。菲利克斯一边开着车一边高声唱歌，她坐在后座为他打拍子，风吹过她的头发，也把菲利克斯的歌声带到很远的地方。

今天她要坐着它去见菲利克斯，见她的独子。她把银色的头发梳了一遍又一遍，衣服试了一件又一件，最后小心翼翼地坐上车，生怕弄皱了裙子。刚坐好却又跳下来，拿起生锈的园艺剪刀剪了一大把盛开的蔷薇抱在怀里。

"夫人，会刺到手的，您小心些。"司机提醒她。

"不会的，菲利克斯喜欢蔷薇。"她幸福地笑着，浅红色的花朵映红了她瘦削的双颊。

"我们伟大的基因组合战士今日终于得胜归来了，他们将首次与人民见面，而且，我们还有幸请到了一位伟大的母亲——有请塞德夫人！"

在欢呼声和掌声中，她被一位军人扶上了台。她没有听到讲话者说了些什么，只是急切地张望，寻找着她的菲利克斯。他长高了吗？是胖了还是瘦了？在战斗中有没有受伤？他在哪里？他……

几百个……不，几千个菲利克斯排成整齐的方队站在她的面前，迷乱了她昏花的眼睛。她的菲利克斯？不！菲利克斯是她唯一的儿子，独一无二的爱子。她端详着眼前的一张张毫无二致的脸庞,手抖动得厉害,菲利克斯的脸是这个样子吗?他应该是微笑着的,绝不是面无表情的。

　　"我们采集了您儿子的基因,作为这一批战士的智力及容貌方面的基因模版。虽然您的儿子已根据保密法被抹去,但是他使得这3800名战士获得了天才的头脑,从某种意义上来说,他们都是您的儿子……"

　　她没有听到下面的话,她已经不想听到任何话。这一刻,她已明白:她的菲利克斯,独一无二的菲利克斯,她宝贵的独子已经不在了,无论他以什么样的方式存在着。蔷薇的刺扎进了她的手心和胳膊,于是她松开手,任那些温柔的浅红色花朵散落一地。在3800名菲利克斯的注视下,她的整个世界和久违的泪水一同跌落尘埃。

赏析

无法取代的唯一 / 陈伍伶

　　蔷薇的花语:"永恒的爱",是无法取代的爱,也是本文的象征意义所在。文章开篇"蔷薇绽开浅红的花蕾",然后就是对孩子的思念,孩子种蔷薇的情景总会出现,那"稚气的脸庞上从笑容到泥巴都是那么的可爱",这就是母亲永不磨灭的爱的表现啊!

　　文中没有解释她的儿子是怎么死的,不过由后来情节的发展,我们了解到:她儿子的基因,通过高科技,使得这3800名战士获得了天才的头脑,从某种意义上来说,他们都是妇人的儿子。但当她看到几千个菲利克斯排成整齐的方队站在她的面前,而且面无表情的时候,她就意识到她宝贝的独子已经不在了。

　　"蔷薇的刺扎进了她的手心和胳膊,于是她松开手,任那些温柔的浅红色花朵散落一地。"由这个细节我们可以感受看到一个母亲悲痛的心。

母亲生下了一个孩子,就和他有了感情的维系。这是世间最为珍贵的财富,任何没有灵魂的"复制品"也取代不了!

以其之微见其大,假如"复制时代"真的到来的话,试想一下世界会变成什么样子?

复 制 时 代

佚 名

不到40岁的郝厅博士经过多年研究,终于研制成功了一台全世界独一无二的电脑——可以复制实物的电脑。这台电脑与一般电脑形状差不多,只是多了一个像冰箱一样的复制柜,什么东西放进去,只要郝博士轻击鼠标,再打开复制柜,里面原来的一件东西就成了两件。

可是郝博士并未满足,又经过多年研究,郝博士的电脑终于可以复制生物了,于是他家的小猫小狗也都成双成对了。这天郝博士又突发奇想——何不把自己也复制一个,那样自己就可以专心搞研究,而让复制品替自己去参加各种讨厌的会议活动了。于是他设置了自动复制程序,然后走进复制柜。

半小时后,从复制柜里走出来的,是一个一模一样的郝博士。

从此后，郝博士让复制人去做他不喜欢做的事，而他自己则专心搞研究，日子过得很是惬意。不料有一天复制人竟然很不礼貌地对郝博士吆五喝六起来。郝博士很是恼火，说你不要忘了，你只是我的复制品。谁知复制品竟然反唇相讥，说他才是真正的郝博士，郝博士才是个复制品。

他的话让郝博士猛然一惊，感到了事情的严重性：因为他俩一模一样，连思想记忆都一模一样，如果复制人真的拿他自己当郝博士，而别人又无法分辨，那可怎么得了啊？这么一想，郝博士的冷汗都下来了，他耐着性子和复制人讲解事情的来龙去脉，要他感谢自己，因为是郝博士复制了他，他才拥有了生命……可是无论郝博士怎么解释，复制人都坚持认定他自己才是郝博士，而郝博士只是一个复制人。

两人正争得不可开交，忽然外面又进来一个和郝博士一模一样的人，郝博士和复制人一看不免都大吃一惊。郝博士愣了半晌，突然恍然大悟——一定是自己的复制人又把他复制了一遍，怪不得他把自己当成了真正的郝博士……

不过更让郝博士恐惧的是，这第二个复制人也说自己是真正

的郝博士……

三个人争论不休,谁都说自己是真正的郝博士。最后还是郝博士想出了一个办法——知夫莫过妻,还是去找自己的夫人辨明真伪吧!

博士夫人与博士相敬如宾,但实际上两人已经分居好久了。当她看到站在自己面前的三个老公时,一点也未感到吃惊,只是静静地听他们的争辩,她自己却捧着郝博士的照片看个没完。

最后郝博士和那两个复制人都急了眼,一起上前恳求夫人赶快辨认一下。博士夫人摇摇头叹口气,幽幽地说:"我本来不想说,其实你们都是复制人,真正的郝博士已经离开这个世界很久了……"

赏析 取其精华 去其糟粕 /李丽美

在《复制时代》里,只需要用一个复制柜,一条程序,想要多少个"我"都可以。而在现实世界中,虽然我们的科技还没有那么先进,但是频频传来的关于克隆人试验的报道牵动着多少人的心,令世界感到震惊。人类在享受着现代科技带来的高质量生活的同时,面对科技的飞速发展,也产生了一种恐惧,究竟这给人们带来的是什么呢?

假如"复制时代"真的到来的话,试想一下世界会变成什么样子?那还有"自己"的存在吗?现代科技创造了现代文明,我们是否应该在科技发明之前,首先考虑一下这技术带给人们便利的同时所引发的不良效果,然后再想办法去其糟粕取其精华。

更令 K 教授吃惊的是：克隆 K1 在爪哇国公然克隆出希特勒、墨索里尼和东条英机……

克 隆 梦

吴爱智

K 教授的生物克隆技术荣获国际金奖，K 教授成为世界大名人。

K 教授克隆水牛成功之后，便偷偷地进行人体克隆技术研究。他先从自己体内取出一个细胞核，经过千百次的实验，终于成功地克隆出自己。K 教授将克隆出来的自己命名为：克隆 K1。国际通讯社播报这则惊人的消息后，世界上引起一片哗然。科学家们认为：K 教授的克隆人研究成功，标志着科学技术已开创了新的纪元。

克隆人 K1 像 30 年前的 K 教授一样，潇洒英俊，风度翩翩，K 教授万分得意。他走上前去紧紧地拥抱着克隆 K1，拍着他的肩膀激动地说："OK！我们是同一个人，你就是我，你是我的过去，我是你的将来……

K 教授发现克隆 K1 无论是长相、性格还是语言举止完全是自己。他还惊奇地发现自己渊博的学识，全都藏在克隆 K1 的脑子里。克隆 K1 的才华远远超过了 K 教授本人，K 教授想做的试验，克隆 K1 已经做出来了；K 教授那些攻克不了的科研课题，克隆 K1

已经为他做好实验并写出了研究报告。

K教授望着克隆K1俊秀的面孔乐得捻起胡子，二郎腿直晃，脸上写满灿烂的笑意。真想不到自己还能返老还童，更想不到自己一夜之间居然年轻了30岁。

后来，K教授和克隆K1共同研究了一个"关于古人克隆技术研究"的新课题，K教授把逝世多年的历史名人、科学家一一克隆出来。K教授对克隆K1说："如果古人克隆成功，世界将会发生翻天覆地的变化，未来的世界将是一片辉煌灿烂……"

一日，K教授应联合国克隆技术委员会主席卡尔斯特先生的邀请，准备到矮人国参加世界第十二届克隆技术研究会，K教授将在会上做《关于古生物克隆技术研讨报告》。临行前，K教授把实验室的锁匙和多年研究的克隆资料统统交给克隆K1。K教授相信克隆K1一定会按自己的意志，尽责尽力完成课题研究。K教授的夫人有些不放心地说："这世界离奇古怪，还是小心为好！"K教授见夫人对克隆K1不放心，便笑着说："如果连自己都不能相信，这世界岂不反了吗？"K教授深信克隆K1一定会在课题研究上有新的突破。

K教授载誉回国后，发现实验室被洗劫一空。几天后，克隆K1干脆将有关克隆技术资料和500万美金全部卷起，然后带着K教授的夫人乘太空飞船私奔爪哇国。K教授得知情况后，气得捶胸顿足。一气之下，K教授将仅剩的五万美元统统拿出来，决定向世界法庭起诉，……

这时，国际刑警组织来人传唤K教授，并告诉他一个令世界震惊的消息：克隆K1在爪哇国公然克隆出希特勒、墨索里尼和东条英机……

 赏析

高科技的反思 /陈小谦

　　K教授对自己进行了克隆，"克隆人K1像30年前的K教授一样，潇洒英俊，风度翩翩"，这个克隆人K1不但有着教授的智慧，而且有过之而无不及。可以帮教授攻克他完成不了的科学研究，教授简直就把它当成了自己，但后来克隆人K1在K教授离开后，带走了他的夫人，连实验室也被席卷一空。

　　如果克隆技术用于医疗，减少人的痛苦，使人恢复健康，克隆身体的一个机能部分如心脏等，那将会造福人类。但像文章提到的，不正当地利用高科技，那将会给世界带来混乱，克隆人将来会造成许多社会问题，如亲属关系，使人类社会的感情和家庭问题复杂化，这将是负面的作用。

　　其实事物都是有好有坏的，只看你怎么利用它罢了。克隆技术也一样，只有我们善于利用它，把它用到正确的途径上，它才会为人们谋福利。

她拼尽全身力气，向茫茫太空喊出她最后的一声呼唤：

"我永远爱您，我的妈妈！"

永 恒 的 爱

庄 琨

突发 Rn 怪症的妈妈，在病床上已经昏迷两天了，医生说虽然她已基本度过危险期，但还是要小心看护。

这两天，我一直守在妈妈的病床前，不时凝望她那饱经风霜的脸庞，一遍又一遍地默默向上苍祈祷。

今天护士小刘给妈妈换了输液瓶后，陪我守护了许久。她本来就是我的好朋友，现在自然对我妈妈的安危格外关心。这时，她像突然想起来什么似的，唤着我的乳名说："兰儿，听说在遥远的零星有一种专治 Rn 症的药，叫零兰花，你听说过吗？"

"真的吗？"我一下子激动了，急切问道，"它是什么样的？快告诉我！"

"我也不大清楚，只是有一次偶然听人说它是蓝叶、红花……可是，你没有办法去取到它呀！"

当晚，我为零兰花弄得失眠了，经过一番思考，我决定暂时离开妈妈去一趟零星。其实，去零星对我这个国际宇航中心的高材生，实在不是什么难事。只是我听说零星上有一种极不稳定的辐射线,它没有固定的辐射时间,每次辐射的时间虽很短,但能量却极大;人们还从观察中发现具有辐射能力的这种物质,只具有一次辐射性。但这究竟是一种什么物质,人们还未得知。这无疑对我是一个很大的威胁,而我的直觉也在冥冥中告诉我:这次去零星说不定将成为我和妈妈的永别。但是我想起妈妈当年生我时难产,几乎丢掉性命,后来爸爸又抛弃了我们母女,她独力支撑着把我拉扯大,才累出一身疾病,我便不再犹豫不决了。

第二天一早,我做好了出发的准备。临行前,我含泪对前来送我的小刘叮嘱道:"两天后你再来这里接我,如果只有飞船回来,那就请你以后帮我照顾好我妈妈……"

"不,别这么想,"小刘也哽咽着说,"你放心去吧,我等着你平安回来……"

我进了飞船,按下自动飞行按钮。飞船启动升空后,一路都很顺利,我安全地到达了目的地——零星。它给我的第一感觉是——荒凉得近乎神秘,神秘得令人毛骨悚然。

它到处都是一片漆黑,使人感觉黑暗在将你越缚越紧,浸入你的每一个汗毛孔里。我为了驱走恐怖,看清地面,不得不打开了探照灯。

我正准备走下飞船步行去寻找零兰花,忽然发现在探照灯的光圈以上的地方有一点幽幽的红光。呵,那不就是我要寻找的宝贝吗?我兴奋极了!

为了防止意外发生,我穿好流线型宇宙服下了飞船。虽然零星的引力比较大,但我还能够正常走动。我急步走到零兰花跟前,仔细地观察着这一株未开的零兰花。半寸来长的墨绿色的茎和蓝紫色的叶子,泛出幽幽的蓝色光,花蕾则呈曙红色,神秘极了,美丽极了。我轻轻伸出手去摘,生怕它会因受到惊吓而突然消失。

忽然，我手上拿着的零兰花在一瞬间开放了，花瓣舒展开来，光芒四射，美艳无比。而在它开放的一刹那，我感到自己的生理机能严重紊乱，浑身酸疼，我很快意识到这全是巨大的辐射线造成的结果——这辐射线是我的宇宙服所无法抵挡的。我又明白了，原来零星上的放射物就是零兰花开放时绽出的红色花蕊，当它未开而呈花蕾时，花瓣又恰巧是阻隔这种射线的最好防护罩。

几秒钟后，我不再有被辐射的感觉，但我却知道自己的生命快要结束了。我拿着已没有辐射性的零兰花艰难地走回飞船，把它放在我坐过的位置上，然后用我生命的最后时间把零星上的辐射线之谜输入电脑，并在最后附上一句：妈妈，请原谅女儿离你远去。这全是女儿对您的爱。

这一切做完后，我感到自己已快不行了，我用发抖的手按下了飞船的自动飞行按钮，关上舱门，目送飞船远去……

之后，我向着地球的方向倒了下去，就在我倒下去的一瞬间，我拼尽全身力气，向茫茫太空喊道："我永远爱您，我的妈妈！"

我永远爱你，我的妈妈 /黄 潘

文章中的女儿，为了找到可以治好妈妈怪病的药，冒着生命危险，毫不犹豫地驾着宇宙飞船飞向零星。这真是催人泪下，我们读者无不为之感动。而在现实社会中，人们往往重视对下一代的关心，而忽略了对上一代的关怀。对父母的孝敬，我们不仅应满足他们物质上的需要，更重要的是给予他们精神安慰。父母辛辛苦苦地养大我们，事事都为我们操心。我们长大以后一定要好好孝敬父母。

文中所表达的感情是至真至诚的，通过叙述主人公"兰儿"为了救她母亲，冒死到零星上去取"零兰花"这一经历——花是取到了，但兰儿却因为受到辐射杀伤回不来了，她耗尽自己的最后生命在电脑里留下零星的辐射之谜后，启动飞船让它自动飞回地球。目送飞船远去……她向着地球的方向倒下了，拼尽全身力气，向茫茫太空喊出她最后的一声呼唤："我永远爱您，我的妈妈！"

　　每一个普通的生命都是完美的生命，能毁灭人类的也将是人这种作为最完美的生命。

完 美 生 命

周元卫

　　"你们有幸成为目睹这一伟大时刻的幸运儿！"狂人兴奋地冲着固定在约束椅上的医生和记者连连眨眼，"我选中了你们，因为你们是各自行业中的佼佼者。"

　　"不要再继续下去了，"医生用颤抖的嗓音说，"难道你不知道这么做的后果吗？"

　　"毁灭！"狂人激动地喊道，"对人类来说这是毁灭！但是对它——"他冲到墙边那个嗡嗡作响的大箱子前，"却意味着新生，一个新时代的诞生！"

　　"我的超级电脑花了十年的时间来设计这个完美生命，天啊，已经整整十年了……"狂人爱怜地抚着大箱子的黑色表面,"每一个细节都是那么完美,这是地球上最完美的生命!它将取代人类,成为这个世界的主宰!而我就是它们的父亲,它们的上帝!"

"天啊,"记者低声叹道,"他是一个彻头彻尾的疯子!"

"一个伟大的文明马上就要诞生了,"狂人欣喜若狂地看着密布在箱子上的指示器,"是的,还有最后的 30 秒钟。"

秒钟开始倒计时,周围的机器发出了震耳欲聋的声音,整个大楼都在抖动。两个绝望的囚徒不约而同地闭上了眼睛。

突然,门被撞开了,几十个全副武装的特种兵冲了进来。

"快,"医生仿佛抓住了一根救命的稻草,他用尽全身的力气喊道,"快制止它……"

与此同时,秒钟上的计数指向了 0,机器发出的轰鸣声一下子消失了,实验室陷入了暂时的寂静。

"噢噢……"狂人大口大口地喘着气,他疯狂地瞪大眼睛,充满渴望地看着箱子上缓缓开启的门,"它出来了,它就要出来了!"

所有的目光都集中在那个冒着白雾的箱子中, 一个隐隐约约的黑影子在弥漫的雾气中不停地蠕动。

"哇——唔——哇——"箱子中传出几声令人发抖的嘶叫,仿佛来自幽暗的地狱,尖利响亮。雾气渐渐散去,那个怪物终于露出了它的真面目。

每一个人都呆若木鸡,脸上出现了难以置信的表情。

医生第一个醒悟了过来。"是的,"他的嗓音有些沙哑,"我早就应该想到的,地球上最完美的生命就应该是这样的。"

从箱子里爬出来的,是一个人类的婴儿。

赏析

生动地描述 /何雯玲

　　《完美生命》向人们展示了一个气氛诡异的画面:医生和记者被绑在椅子上,一个狂人疯狂地咆哮着,实验室里还有一个黑色的大箱子,表面布满了指示器,且发出震耳欲聋的声音。

　　狂人万万没有想到的是,他千辛万苦、用尽所有的心思,不惜一切代价甚至是毁灭人类想创造的完美生命竟然是一个人类的婴儿——一个再普通不过的生命! 同时也一语道破了文章的主旨:每一个普通的生命都是完美的生命,能毁灭人类的也将是人这种作为最完美的生命。

　　　　即使科学发达了,也不能脱离客观实际。

离奇的求助信

马利银

亲爱的朋友们:

　　你们好,我诚恳地请求你们能帮帮我的忙。我和张医生相爱很久了,可最近出了个大麻烦。事情是这样的:

　　张医生是位脑科专家,最近迷上了心理学,他发现其实每个人都有很大的潜能。比如他自己吧,除了在脑科学方面有兴趣、才能外,还喜欢写诗写小说,对体育也非常感兴趣,他还梦想当个企业家,自己也确有经商之道等等。可是,人的精力是有限的,要想在某一方面取得成就,就得全力以赴,但这样,人的其他才能就白白浪费了。有一天,张医生突发奇想,人类已在生物工程方面取得了很大成就,可以无性繁殖出和自己一模一样的复制人,而他自己则可利用脑科手术,把具有不同兴趣的脑细胞分离出来,分别植入几个复制人的脑中,这样就实现了"分身术"。每个分解出的"张医生"便可以从事他所感兴趣的事业,一生可以同时取得许多成就。我一开始就反对他的这种疯狂构想,但作为他的助手兼女友,在工作中又不得不听他的。

手术进行得很顺利,一星期后那7个一模一样的张医生出院了。7个人分别住在7个地方,互不往来,各自从事自己喜爱的工作,而且对工作都非常狂热。于是问题也就来了,为了和心爱的人在一起,我每天往返于他们7家,为他们打扫房间,洗衣服,做饭……简直要把我累死了!没多久,我发现这样不是办法。我想还是选择他们其中之一吧,跟7个人谈恋爱实在叫人受不了。

我选中了当作家的"张医生"。我觉得和他在一起挺浪漫的,他天天送花,请我跳舞。可时间一长我发现我们开始合不来了——我没那么多艺术细胞,找不到共同语言。

我找到了当运动员的"张医生"。他整天锻炼身体,准备进入国家队,要在奥运会上拿金牌。可跟他在一起,我就成了他的"营养专家",天天替他买菜做饭!

我离开运动员后,找到"企业家"。他竟是个守财奴,一天到晚想着赚钱,想着开公司。从前的张医生虽然不是很大方,但也不至于这么财迷心窍。我瞧不起这种守财奴,结果也可想而知。之后我又试了3个"张医生",却都以失败告终。

这最后一位是脑科医生。我想这个总该没问题了,谁知手术后的他成了工作狂,对我不闻不问,不理不睬,这使我愈发怀念从前的他了。不过,怎么说我也干过几年医生的助手,同他还有些共同语言。

谁知好景不长,那6个"张医生"陆续给我打电话,竟说出同样的内容:"还记得我们第一次相遇吗?你对我说你永远爱我,决不会变心,我现在向你求婚,你不会做负心人吧!"

天哪!我现在爱着这一个张医生,而且永远不变。可是我该怎么办呢?他们都是以前的张医生,伤害任何一个我都于心不忍,可我总不能同时嫁给他们7个吧!

有人曾出主意说,把我也复制成7个和他们相对应的类型,这样就可以使每个"他"得到一个"我",每个"我"只爱一个"他"。

这倒是个解决办法,可我不愿意把自己分成7份,然后互不相认地生活——我认为这简直就是一种变相的自杀行为。我实在想不出什么好办法了,整天生活在痛苦之中。事情就是这样的,我再一次诚恳地请求各位热心的朋友帮我想想办法。

　　此致
敬礼

陈娟娟

2031 年 6 月 3 日

赏析

问题该怎么解决 / 枫　林

文章的标题引起了我的注意。怎么个离奇?原来是女主人遇到了一个"大麻烦"。她的男朋友张医生复制了7个与自己一模一样但兴趣和爱好却不同的人,"每个分解出的'张医生'便可以从事他所感兴趣的事业,一生可以同时取得许多成就。"

接着信里面描述了"疯狂的构想"带给女主人公的苦恼和一系列的问题。首先,我"每天往返于他们7家",体力有限。其次,每个张医生都有不同程度的缺点:作家身份的"张医生"过分浪漫让人受不了;运动员身份的"张医生"让我成了他的"营养专家";"企业家"财迷心窍,我瞧不起;"脑科医生"成了工作狂,缺乏生活的情调。

问题该怎么解决呢?这又使我产生了浓厚的兴趣。有人建议复制7个"我",可"我"不愿意。这样矛盾就显得无法解决,真让人痛苦啊。

女主人公烦恼的背后揭示了主题:即使科学发达了,也不能脱离客观实际。否则,人类将面临无尽的困扰。

一个动物在瞬间改变了本性,其体内应该发生了数以万计的变化。

马戏团的秘密

[日]星新一 李有宽／译

一段时期,某马戏团红得不得了,每种动物都会表演一套精彩的节目,使得每天前来观看的人络绎不绝。

一个寂静的夜晚,满座的观众早已离去。马戏团的团长准备回自己的房间去好好地睡上一觉。

就在这时,有人来拜访了。因为素不相识,团长问道:

"您是谁啊?"

"我是刚才看马戏表演的人。演得实在好极了,像兔子爬树什么的,我还是第一次看到。真是妙极了!"

听了他这番恭维话,团长倒颇有点飘飘然了,本想说的:"我累了,请您快点回去吧!"之类的话,也给忘了。

"是啊。如果大家感到有趣的话,那真是没有比这再叫人高兴的了!"

"人人都很喜欢呢,那只看上去很凶猛的老虎,竟然像猫似的驯顺极了。虽然我还不知道您是用的什么办法,可您能把它们训练到这种程度,那就该称得上是伟大的天才!"

由于被过分的称赞,团长一下子精神抖擞起来。他兴致大发,喋喋不休地讲起训练方法:

"训练动物可并不是什么了不起的事。不过,在制作训练装置上却煞费了苦心。花了好多岁月,也曾几度失败。"

说着,团长拿出只手电筒样的东西,上面装有一个标度盘以及一些形状复杂的线圈。那人两眼直勾勾地盯着这个玩意儿,一边问道:

"这,这是什么?"

"简单说来,这是一种用电波给动物施催眠术的装置。您看到了吧,在标度盘上画有许多动物。"

"也有猫呢!"

"把刻度对准有猫的地方,然后朝着老虎一按电钮,于是老虎受到催眠,会信以为自己是一只猫。"

"有道理。原来驯服动物是这么一回事!在马戏团里面,还有会洗衣服的狮子呢。"

"是的。您也许还看到会打铃的牛、会跳越高台的猪吧！那都是靠这个装置起作用的结果。另外，要想使动物恢复原状时，只要对上零的刻度，按一下电钮就恢复原性了。"

团长得意扬扬地解释了一番。那人听着听着，不由得探出身子，两眼放出光芒：

"这么说来，只要有了这种装置，谁都能马上办起马戏团。请务必把这个装置让给我！"

"不行，这是我好不容易制作出来的东西。这个玩意儿，随便人家出多少钱，我也不能让出去。"

团长一口回绝，可那人仍不死心：

"我真是想要的不得了，假如你真的不想让的话……"

那人从口袋里掏出一把刀子，想要扑过来。可谁知团长早已按下了训练装置按钮。接着，团长一边收拾起装置，一边自言自语道："哎呀呀，这个粗野无礼的家伙，我要惩罚他一下，让他也像这个样子在马戏团里干上一阵子。"

第二天，马戏团里又增加了个颇受欢迎的演员，那可不是动物，而是一个善于模仿黑猩猩的丑角。他学得可真像，简直同真的黑猩猩毫无两样。

"嘿，怎么会学得那么像呢？"观众交头接耳，颇觉不可思议，但又极其高兴地拍手鼓掌。

赏析 神奇的工具 / 陈 华

看完这篇文章，有种飘飘然的感觉。团长竟能制作出如此神奇

的装置,使动物改变本性。

这种用电波给动物施催眠术的装置,与机器猫叮当的工具差不多,几乎达到随心所欲的境界。不难想象,一个动物在瞬间改变了本性,其体内应该发生了数以万计的变化。如此厉害的玩意儿,只有团长这样的高手才能想到。

那个逼团长要装置的家伙,不知是见钱眼开,还是没想到那个手电筒样的东西对人也起作用,竟想强制抢走工具。害人终害己,那家伙最后被团长惩罚了。装置电钮一按,一个模仿黑猩猩的丑角立刻出现。不过,团长把他催眠成猩猩已算是给他面子了。假如团长将他催眠成猪或者鸭之类的话,那笨拙的动作可能会令我们笑断肠子。

落潮已尽,暮色低垂,
清凉的海风向陆地袭来,
夹杂着海盐和芦苇的味道,
还可以听到从旋涡传来的模糊声音。

感动心灵的阅读盛宴　激励一生的人文经典

"读·品·悟"系列图书

让好书陪伴孩子轻松学习,个性张扬,快乐忘我,自由释放,健康成长

◉ 荣获冰心儿童图书奖、第 17 届上海市中小学幼儿园优秀图书奖

"读·品·悟"感动亲情系列

"读·品·悟"感动真情系列

"读·品·悟"感动系列中学部分

"读·品·悟"中学生成长励志系列

感动小学生的100个人物
（精华版）

感动中学生的100个人物
（精华版）

◉ 倾注爱心与智慧的阅读精品

　　"读·品·悟"系列图书本着"学生受益,老师喜爱,家长放心"的原则,在广泛征求中小学师生意见的基础上精心编选而成,是提高中小学生阅读和写作水平的首选读本,是亲子阅读的最佳选择,也是中小学老师语文教学的好帮手。"读·品·悟"系列图书是我社奉献给当代中小学生的阅读盛宴。

◉ 社会各届佳评如潮

　　"读·品·悟"系列图书自出版以来,赢得了社会各界的广泛赞誉,"读·品·悟"感动系列长期荣登《新京报》图书排行榜,并被《中华读书报》誉为"最有耐力的畅销常销书",大师谈人生系列入选新闻出版总署百家出版单位百种图书推荐活动图书名单。

"读·品·悟" 感动系列(最新版)·小学部分 (10册)			爱情是什么:全球136位大师谈爱情	38.00
			婚姻是什么:全球122位大师谈婚姻	38.00
书 名		定价	受益一生的人生智慧书	38.00
生命的亲吻:感动小学生的100篇微型小说(最新版)		17.60	**"读·品·悟" 小学生必读智慧故事书系 (10册)**	
美味香口胶:感动小学生的100篇寓言(最新版)		17.60		
如水的月光:感动小学生的100篇作文(最新版)		17.60	书 名	定价
旭日飞扬:感动小学生的100个人物(最新版)		17.60	小学生一定要知道的200个神话故事	19.20
清风的吟唱:感动小学生的100篇散文(最新版)		17.60	小学生一定要知道的200个寓言故事	19.60
没有大人的夜晚:感动小学生的100篇故事(最新版)		17.60	小学生一定要知道的200个典故故事	19.80
快乐迪尼斯:感动小学生的100篇童话(最新版)		17.60	小学生一定要知道的200个成语故事	19.60
在宇宙中书写:感动小学生的100篇科幻(最新版)		17.60	**"读·品·悟" 感动小学生全集书系(7册)**	
化在掌心的糖:感动小学生的100个父母(最新版)		17.60		
至圣的智慧:感动小学生的100句话(最新版)		17.60	书 名	定价
"读·品·悟" 感动系列(最新版)·中学部分 (10册)			感动小学生散文全集:春天的舞会	39.00
			感动小学生故事全集:没有大人的夜晚	39.00
书 名		定价	感动小学生人物全集:旭日飞扬	39.00
绽放的玫瑰:感动中学生的100首诗歌(最新版)		19.90	感动小学生童话全集:快乐迪尼斯	39.00
书梦的灯:感动中学生的100个故事(最新版)		19.90	感动小学生科幻全集:在宇宙中书写	39.00
炫目的光影:感动中学生的100部电影(最新版)		19.90	感动小学生寓言全集:美味香口胶	39.00
生命的强音:感动中学生的100个人物(最新版)		19.90	感动小学生微型小说全集:没有上锁的门	39.00
风中的呐喊:感动中学生的100篇杂文(最新版)		19.90	**"读·品·悟" 感动系列精华版·小学部分(7册)**	
心灵的颤音:感动中学生的100篇微型小说(最新版)		19.90		
阳光的味道:感动中学生的100篇散文(最新版)		19.90	书 名	定价
守候雨季的大伞:感动中学生的100个父母(最新版)		19.90	没有大人的夜晚:感动小学生的100个故事(精华版)	19.90
青春的歌咏:感动中学生的100篇作文(最新版)		19.90	旭日飞扬:感动小学生的100个人物(精华版)	19.90
不朽的箴言:感动中学生的100句话(最新版)		19.90	如果感到幸福你就踩踩脚:感动小学生的100篇散文(精华版)	19.90
大师谈人生书系(5册)			快乐迪尼斯:感动小学生的100篇童话(精华版)	19.90
书 名		定价	在宇宙中书写:感动小学生的100篇科幻(精华版)	19.90
人为什么活着:全球139位大师的答案		38.00	美味香口胶:感动小学生的100篇寓言(精华版)	19.90
幸福是什么:全球155位大师谈幸福		38.00	生命的亲吻:感动小学生的100篇微型小说(精华版)	19.90

"读·品·悟" 小学生成长必读系列第一辑（9 册）		"读·品·悟" 感动系列精华版·中学部分（5 册）	
书　名	定价	书　　名	定价
让小学生**学会做人**的 100 个故事	19.80	书梦的灯：感动中学生的 100 个故事(精华版)	23.80
让小学生**保持阳光心态**的 100 个故事	19.80	生命的强音：感动中学生的 100 个人物(精华版)	23.80
培养小学生**好品德**的 100 个故事	19.80	阳光的味道：感动中学生的 100 篇散文(精华版)	23.80
让小学生**理解父母**的 100 个故事	19.80	风中的呐喊：感动中学生的 100 篇杂文(精华版)	23.80
让小学生**热爱学习**的 100 个故事	19.80	心灵的颤音：感动中学生的 100 篇微型小说(精华版)	23.80
让小学生**学会与人沟通**的 100 个故事	19.80	"读·品·悟" 青少年受益一生的励志书系（8 册）	
改变小学生一生的 100 个故事	19.80		
让小学生**学会生活**的 100 个故事	19.80	书　　名	定价
让小学生**养成健康人格**的 100 个故事	19.80	青少年受益一生的名人**沟通艺术**	23.00
"读·品·悟" 小学生成长必读系列第二辑（9 册）		青少年受益一生的名人**成功心得**	23.00
		青少年受益一生的名人**交友之道**	22.00
书　　名	定价	青少年受益一生的名人**做人智慧**	22.00
小学生**学会正面思维**的 100 个故事	19.80	青少年受益一生的名人**读书经验**	22.80
小学生**学会调适自我情绪**的 100 个故事	19.80	青少年受益一生的名人**金钱哲学**	22.80
培养小学生**情商**的 100 个故事	19.80	青少年受益一生的名人**心态感悟**	22.80
培养小学生**财商**的 100 个故事	19.80	青少年受益一生的名人**处世学问**	22.80
小学生**增强自信心**的 100 个故事	19.80	"读·品·悟" 中学生成长励志系列第一辑（9 册）	
小学生**养成好习惯**的 100 个故事	19.80		
培养小学生**责任感**的 100 个故事	19.80	书　　名	定价
培养小学生**抗挫能力**的 100 个故事	19.80	让中学生**学会做人**的 128 个故事	23.80
小学生**学会做人做事**的 100 个故事	19.80	让中学生**热爱学习**的 128 个故事	23.80
"读·品·悟" 中学生必知智慧书系（4 册）		让中学生**学会与人沟通**的 128 个故事	23.80
		让中学生**学会生活**的 128 个故事	23.80
书　名	定价	让中学生**保持阳光心态**的 128 个故事	23.80
中学生一定要知道的 100 个**唐诗名句**	20.00	让中学生**理解父母**的 128 个故事	23.80
中学生一定要知道的 100 个**宋词名句**	20.00	让中学生**养成好品德**的 128 个故事	23.80
中学生一定要知道的 100 个**古文名句**	20.00	让中学生**养成健康人格**的 128 个故事	23.80
中学生一定要知道的 100 个**古诗名句**	20.00	**改变中学生一生**的 128 个故事	23.80

"读·品·悟" 中学生成长励志系列第二辑(9册)		轻风的月夜:感动中学生的100个传奇故事	20.80
		最真实的倾诉:感动中学生的100封书信	24.80
书 名	定价	把灵魂的耳朵叫醒:感动中学生的100个故事(2)	23.60
中学生**学会正面思维**的128个故事	23.80	给青春写一封情书:感动中学生的100个青春故事	20.80
中学生**学会调适自我情绪**的128个故事	23.80	雨后的彩虹:感动中学生的100个励志小品	20.80
提升中学生**情商**的128个故事	23.80	"读·品·悟" 感动中学生全集书系(4册)	
提升中学生**财商**的128个故事	23.80		
中学生**增强自信心**的128个故事	23.80	书 名	定价
中学生**养成好习惯**的128个故事	23.80	感动中学生**故事**全集:书梦的灯	39.00
中学生**学会负责**的128个故事	23.80	感动中学生**人物**全集:生命的强音	39.00
中学生**学会做人处世**的128个故事	23.80	感动中学生**散文**全集:阳光的味道	39.00
提高中学生**抗挫能力**的128个故事	23.80	感动中学生**微型小说**全集:心灵的颤音	39.00
"读·品·悟" 感动系列之小学部分第二辑(9册)		冰心儿童图书奖获奖书系: "读·品·悟"感动亲情系列(8册)	
书 名	定价	书 名	定价
点亮心中那盏灯:感动小学生的100个故事(2)	18.00	把爱传下去:感动小学生的100个长辈	22.60
猫和老鼠做朋友:感动小学生的100篇童话(2)	22.80	记着有人在爱你:感动中学生的100个长辈	21.80
雪地上的小画家:感动小学生的150首童谣	17.80	圣诞节的巡逻兵:感动小学生的100个兄弟姐妹	22.00
小蝌蚪想回家:感动小学生的100首儿童诗	18.30	岁月深处有一支歌:感动中学生的100个兄弟姐妹	24.60
春天的舞会:感动小学生的150篇散文	22.30	化在掌心的糖:感动中学生的100个母亲	24.60
生命的亲吻:感动小学生的100篇儿童小说	17.80	温暖我一生的冰灯:感动中学生的100个父亲	25.20
如果感到幸福你就跺跺脚:感动小学生的100篇哲理散文	24.60	和天使一起成长:感动小学生的100个母亲	24.00
		守候雨季的大伞:感动小学生的100个父亲	24.80
踏步孩提时:感动小学生的100个趣味故事	22.60	冰心儿童图书奖获奖书系: "读·品·悟"感动真情系列(4册)	
门外有敲门声:感动小学生的100个奇幻故事	20.80		
"读·品·悟" 感动系列之中学部分第二辑(9册)		书 名	定价
		剪不断的师生情:感动小学生的100个老师	22.80
书 名	定价	有一种感戴叫师恩:感动中学生的100个老师	20.60
生命的五个恩赐:感动中学生的100篇微型小说(2)	23.80	扛不起的乡情:感动中学生的100个家乡	23.80
智者的慧语:感动中学生的100篇哲理散文	21.80	一生无法绕过的乡情:感动小学生的100个家乡	21.40
飞扬的梦想:感动中学生的100篇青春小说	22.80	**青少年奥运读本**	
开在哪儿都是玫瑰:感动中学生的100篇散文(2)	21.80	青少年一定要知道的奥运全集	38.00

敬　启

　　本书的编选,参阅了一些报刊和著述。由于联系上的困难,部分入选文章的作者(或译者)未能取得联系,谨致深深的歉意。敬请原作者(或译者)见到本书后,及时与我们联系,以便我们按国家有关规定支付稿酬并赠送样书。

　　同时,提请广大读者注意的是,本书题名中的"100"只是概数,实际文章数量并不以此为限,特此声明。

联系人:韩文亮

地址:北京市海淀区学清路 38 号金码大厦 B 座 1003 室

邮编:100083

联系电话:010-82837995(办)